決戦は日曜日

高嶋哲夫

幻冬舎文庫

決戦は日曜日

目次

プロローグ

谷村は辺りを見回した。

ホテルの入口から会場の受付まで花輪が五十近く並んでいる。三分の一が国会議員、三分の一が県議会議員と市議会議員、残りが地元の企業と有力者からだ。

会場に一番近い花輪には「内閣総理大臣　遠野信一郎」とある。その後は現職大臣、党の役員、当選回数の多い順と続く。

「五百人というところか。まあまあだな」

谷村は呟《つぶや》いた。扉の中からはさざ波のように話し声が流れてくる。現在は盛んに名刺交換や、近況報告が行われているはずだ。誕生会であり、情報交換会なのだ。

「いや、大したもんです。うちのオヤジなんかこの半分がいいところです」

岩淵が答える。さざ波が途絶えた。

「これから我が小脇市が誇る政治家、衆議院議員、川島昌平先生のご挨拶です」

司会の声とともに、拍手が湧き上がった。

数秒の沈黙の後、昌平のだみ声が聞こえてくる。

「気づけば三十三歳の時に小脇市議会議員に当選してからというもの、もう四十二年も政治の世界に関わっていることを考えると、感慨深いものを感じるようになりました。いつまでも若い者には負けないと、いや今でも思っているんですがね」

この声を聞き始めて、すでに十年だ。今では声の調子だけで昌平の気分を察することができる。その微妙な抑揚と視線を合わせれば何を求めているか分かる。

「実際負けないですよ、ええ。そうなんですがね、そろそろ身の回りのことを考える時期になりました。周りでは先生そろそろと、そういう声もあるようですが。まだまだ――」

同じことをまた言っている。引退なんかする気もないのに――。

谷村は持っていた名簿を横のデスクにおいて、さらに耳を澄ませた。なにかいつもとは違う。

「そういう声もあるようですが。まだまだ――我々の世代もまだやれるんだという、みなさんの代表として、ここらでもう一度気を引き締めてやって行こうと――」

谷村はドアを開けて演壇の方を見た。

「そう思っております。それで……えーっと……」

「岩淵、ついてこい」

谷村は叫んで演壇に走った。

谷村が演台に駆け上がるのと、昌平が倒れるのは同時だった。いや、間一髪、昌平と床の間に滑り込んだ。

「岩淵、救急車だ。動かさないように」

叫びながら昌平を床に横たえると、上着を脱いで頭の下に敷いた。

会場は騒然としている。演台の来賓たちが立ち上がっている。彼らの大半は、東京から来た国会議員だ。

駆け寄ってきた濱口が、谷村に目配せをする——先生を頼む、と。

「来賓の方たちを誘導してお帰ししろ。他のお客さまたちは一時ここに待機してもらって、順次帰ってもらえ」

濱口が向井と田中に指示すると、マイクを持って話し始めた。

「先生は問題ありません。ここ数日の激務のために疲れが出たようです。申し訳ございませんが、しばらく、その場にてお待ちください。詳細は追って事務所からお知らせいたします」

会場の騒ぎは一時収まったように見えたが、救急車の到着でまた騒がしくなった。担架を持った救急隊員が駆け込んでくる。

谷村が顔を上げると、「川島昌平先生の七十五歳を祝う会」の巨大な垂れ幕が目に入った。

川島昌平、衆議院千葉県第十二区選出の議員で千葉県連会長だ。父は市議会議員。新聞社に勤務していたが、三十三歳のときに父の後援会の後押しで市議会議員に当選。三十八歳で衆議院当選。五十三歳で防衛庁長官として初入閣。五十九歳で民自党総裁選に出馬した。

子どもは一人で有美《ゆみ》という。三十歳のときの子で、溺愛している。十年前に妻が他界してから、拍車がかかった。

第一章　後継者

1

「先生は大丈夫か」

駆け込んできた向井が谷村に聞いた。

「手術が終わり、今夜はＩＣＵです」

川島昌平は脳梗塞だった。三時間に及ぶ手術は無事に終わった。すぐに病院に搬送されたことと、倒れた後の処置が適切で早かったので、命に別状はないとのことだ。

谷村は、千葉県立総合病院の入院病棟、特別個室にいた。理事長に頼み込み、空けてもらったのだ。

「有美さんはどうなってる。連絡は取れたんだろ」

「東京からこっちに向かっています。もう、そろそろ到着かと」

岩淵が時計を見ながら言う。すでに日付が変わろうとしている。

スマホの電源を切っていたらしく、二時間前まで連絡が取れなかった。電話がつながってからも、状況を理解してもらうのに三十分近くかかった。

有美は四十五歳、独身。現在、東京に住んでいる。大学卒業後は三十歳まで地元テレビ局のアナウンサー。それから五年ほど地元の動物愛護系NPO法人でパート。三十五歳の時に母が病で突然死した後、東京に出て、ネイルサロンを経営している。父の仕事を手伝ったことはなく、政治には全く関わってこなかった。

ドタドタと廊下を走る音が聞こえてきた。

「お父さんは――」

ドアが開き、背の高い女性が飛び込んできた。

髪は茶色で、化粧はやや濃い。花模様のネイルが目につく。川島昌平の一人娘、有美だ。

「大丈夫です。手術は無事終わっています。命に別状はありませんから」

有美は誰も寝ていないベッドに目を向けてから、谷村を見た。

「今夜は集中治療室です。手術後、しばらくは要注意ですから」

谷村は有美をICUに連れていった。廊下の椅子に座っていた向井が有美を見て立ち上がった。

ガラス越しに有美が昌平を覗《のぞ》き込む。頭を保護キャップで包み、複数の管でつながれている姿は、普段の昌平とは程遠い。

「今夜はご実家に戻られて、お休みください。明日、個室に移られてからお会いできます。その時には、意識も戻られているかと。今は連絡はすべて事務所に来るようになっています」

「私は父に付き添います。あの部屋、空いてるんでしょ」

「構いませんが、今夜は看護師さんが――」

「なんで、もっと早く知らせなかったの。手術には付いていてあげたかった」

谷村は気づかれないように顔を背けた。有美が酒臭かったのだ。

「手術は緊急を要しました。スマホがなかなかつながらなくて」

「仕事で切ってた」

日曜日の夜十時までですか――声には出さず心で呟く。五十回は電話したと岩淵が言っていた。

つながったのは、午後十時をすぎてからで、「どこかの酒場でしょう。複数の男の声が聞こえて、音楽がガンガン鳴ってました」と岩淵は報告した。

「私、父の誕生会は苦手。堅苦しい人ばっかだし。アレをするな、コレをするな、ばかりでしょ。私がいない方があなたたちも楽でしょ」

プレゼントは贈っておいたし、と言い訳のように言う。

谷村は有美を連れて病室に戻った。

父親の顔を見て、命に別状がないと聞いて安心したのか、有美はベッドに倒れ込んだ。

スマホに着信音がした。

〈そっちが一段落したら、事務所に帰ってこい〉

濱口からメールだ。有美を見ると、すでにいびきをかいている。

ショートカットで、小さなイヤリングをしている。目鼻立ちがクッキリしていて、化粧なしでも目立つ顔立ちだ。身長は谷村より少し低い。

谷村はハイヒールを脱がそうとしたが、思い直し、そのまま毛布を掛けて病室を出た。

ＩＣＵに戻ると、三十分前と同じ姿勢で向井が座っている。顔だけは昌平に向けていた。

向井大地は五十歳、私設秘書。バツイチで、元妻のところに中学生の娘がいる。両親が昌平の後援会員で、大学を出て就職先がなかったところを秘書として誘われた。四十歳で離婚し、その後ギャンブルによる金銭トラブルを昌平に助けてもらった。普段から昌平に命をささげると公言している。まるで、ヤクザの世界だ。

谷村はナースセンターに行って、娘の有美が来ていることを告げて、事務所に戻った。

事務所には秘書の濱口、田中、岩淵たちが残っていた。すでに午前二時を回っている。

「先生の具合は」

濱口が聞いてきた。

「後遺症は出るが、軽いそうです。当分は人前には出ない方がいいでしょう」

「間に合うか」

「おそらく、ムリでしょう。準備がありますから」

濱口は選挙のことを言っている。あとひと月あまりで、解散、選挙といううわさが流れている。

「困ったな。いよいよ、年貢の納め時か」

「県連の人はもしものときは有美さんを推しているんでしょ。もう内々には決まっているとか」

去年あたりから昌平の引退説が出ていた。党本部は若返りを狙い、県連には内密に打診が来ていると聞いたことがある。手を挙げたい県議は複数いる。

「川島有美でいくしかないか」

「先生は反対しますよ。自分が出ると」

「黙っていよう。ギリギリになって知らせればいい。この世界に四十年だ。そのくらいは分かってくれる」

「本当に有美さんでいいんですか」

谷村は三十分前の有美を思い浮かべながら言った。

「他に誰がいるんだ。おまえ、出たいのか」

「やめてください。誰かに聞かれたら大変だ。冗談が冗談でなくなる世界ですから」

「とにかく、県議の奴らよりましだ。うちで誰かを立てなければ事務所がなくなるんだぞ。つまり、俺たち全員がプー太郎だ」

濱口が他の秘書たちを一人ひとり見ながら言う。

誰からも反論はなかった。


川島昌平の地元事務所。秘書は公設、私設を含め五人いる。その他スタッフはアルバイトを入れて数人。

濱口祐介は五十歳だ。政策秘書で、独身。大学卒業後、証券会社に入社し、小脇市の支社に配属された。三十歳で転職を考えていたところ、昌平に誘われて私設秘書となり、四十歳で公設秘書となった。周囲からの信頼は厚い。実質、事務所を仕切っている。

谷村勉は三十一歳になったばかりだ。大学時代、川島昌平事務所にボランティアで参加。声をかけられてそのまま私設秘書になった。翌年、学生時代から交際していた綾香と結婚した。現在、七歳の一人娘、麻衣子は小中高一貫校の私立きぼう小学校一年生だ。他議員に比べればパワハラも少なく、穏やかな昌平を尊敬している。

田中菜々、私設秘書だ。事務所で唯一の女性秘書。肩甲骨にかかりそうな長髪が自慢で、時にドキッとするような服装で来て、濱口に注意されている。独身。大学卒業後、地元で働くが三年でやめてフリーターになった。三十になった時、親経由で昌平事務所の空きを知り、自ら連絡して秘書に採用された。主に事務所内の連絡関係、スケジュール、雑務、陳情対応などを行う。三十五歳だ。

岩淵勇気、事務所でいちばん若い二十四歳。いつもスマホとタブレットを離さない、今風の若者だ。中肉中背、自称、小脇のケビン・ミトニック。ケビンはカリフォルニアのハッカーでＦＢＩによる逮捕歴もある。岩淵の父親が民自党の参議院議員だ。大学を卒業してＩＴ企業でバイトをしていたが、世襲を期待する父によって昌平のもとで秘書をやることになった。

事務所には職員として小宮恵子四十三歳がいる。昌平の遠い親戚だ。

国会議員にはサポート役として、複数の秘書が付いている。秘書には公設秘書と私設秘書がある。

公設秘書は政策秘書、公設第一・第二秘書の三人まで認められ、国家公務員として給与は国が支給する。

政策秘書は資格試験合格が必要で、議員事務所の要となる。スケジュール管理などの一般的な秘書業務だけでなく、議員立法に必要な政策研究、調査機関との連絡調整、素案作成、適切な専門家の人選や会合設定などに精通している必要がある。公設第一・第二秘書は議員の裁量で決められる。さまざまな連絡調整、資料集めのような幅広い業務を行う。国会か地元の勤務地になるが、政策秘書は国会勤務が多い。

私設秘書は議員が個人的に必要に応じて雇う。事務所の電話番や書類整理といった雑務を行うことが多い。


濱口を中心に秘書たちは今後のことについて話し合った。

結局、女性の田中を除いてその夜は全員が事務所に泊まり込んだ。ソファーに寝転んだり、イスを並べたりした。イスに座ったままデスクに突っ伏して眠り込むのだ。ロッカーには新しいカッターシャツと下着、黒のネクタイは常備している。

「県連の先生方が来ますよ。みなさん、起きてください」

田中の声が聞こえて、谷村も起き上がった。

田中はおにぎりとお茶のペットボトルが入ったコンビニ袋を二つ、デスクに置いた。

「池田先生と森下先生、石橋先生と浜田先生から連絡が入っています。昌平先生の容体を知りたいそうです」

池田と森下は県議、石橋と浜田は市議だ。全員、県連の幹部だ。

民自党は東京に党本部がある。各都道府県には県連、都連、府連、道連と呼ばれる支部が置かれ、各地域の党支持者を取りまとめている。地域密着型なので、選挙の時には候補者に対してきめの細かい対応ができる。党の公認候補を選ぶ時にも強い発言力がある。通例、会長は現職の国会議員から、幹事長は地元の県議会議員から選ばれている。池田は幹事長代行、森下は副幹事長だ。

向井が病院から戻ってきた。

「先生の意識が戻り、病室の方に移られました。現在は有美さんが付き添っています」

「医者は何と言ってる。間に合いそうか。次の選挙。あとひと月と言うところだ」

向井は答えない。

「我々は有美さんで行きたいと合意している」

濱口は有無を言わせない口調だ。向井も異論はないだろう。

「我々も先生がよくなってくれたら、とは思ってる。だが選挙は待ってくれないしな」

向井は常々、昌平のためなら死ねるとまで言い切っているのだ。

「県連の人たちが来る前に食べましょうよ」

岩淵がおにぎりとお茶をデスクの上に広げた。

食べ始めたとき、ドアが開き、男が二人入ってきた。県議の池田と市議の石橋だ。

「先生、手術が無事終わってよかった。丁度、有美さんと一緒になってね」

彼らは事務所に来る前に病院に行ったのだ。

「有美さん、早く入りなさいよ」

呼びかけると、有美が入ってくる。全員、あわてて立ち上がった。

「正式に川島昌平先生の後継者として紹介しようと思って連れてきた」

「ご無沙汰してます。覚えてますか」

濱口が手を出したが、有美は気にも留めず、事務所内を眺めている。デスクの上の食べかけのおにぎりを一瞥《いちべつ》して顔をしかめた。

「有美さんのこと、よろしくお願いします。川島先生の意思を継ぐのに、一番適したのは娘さんの有美さんです。これが、民自党幹部の総意です」

池田が濱口に目配せをしながら言う。濱口も頷《うなず》いている。

「県連としても、全力で支援していきたいと思っている。そのためには、川島先生の時代から支えていたみなさんの力が必要です。こういう状況で、事務所に残ってくれて感謝してますよ。辞めてもみんなおかしくないんだから。有美さんも引き続き支えてあげてください。有美さんからもお願いしてください」

石橋が有美に向き直り言った。

「ゴミ屋敷みたい。もう少し、片付けたほうがいいんじゃない。国の偉い人や、この町の有力者の方たちも来るんでしょ。これじゃ、誰も寄り付かない。福を呼ぶには、それなりの場所にね」

有美の目が部屋の天井の隅に留まった。

「防犯カメラです。以前、ドロボウに入られまして。各部屋と事務所前の通りの見える場所に付けています」

濱口が言う。

「誰でも見られるの。うちの店じゃお客がうるさくて」

「個人情報保護の観点から、見られる者は限られています」

「ここでヤバいことはできないってわけね」

有美はカメラに向かって手を振りながら笑いかけている。

事務所のスタッフの目はテレビを向いている。

お昼のワイドショーの時間で、花塚沙也加と渡部健司の離婚話で盛り上がっていた。おしどり夫婦と言われ二十年だが、最近、渡部の浮気現場が写真週刊誌に載ったのだ。花塚は国民的スターと言われている大女優だ。数日前からテレビや週刊誌で取り上げられて、話題になっている。

「では、川島有美さん、ご挨拶を」

有美は事務所の中央に立ち、秘書たちを見つめた。

「私は父、川島昌平に乞われて父の後継者として次の選挙に立候補します。父が倒れて、不安だったと思います。それは私も同じですから。でも、乗り越えて前進するんですよ。我々の力で」

池田がデスクにあったリモコンでテレビを消そうと、ボタンを押し続けても消えない。

谷村がリモコンを受け取る。デスクに打ち付けてからボタンを押すと、テレビは消えた。

有美は気にせず、話し続けている。

「選挙が終わったあと、私に付いていってよかったと思えるような、後悔をしない、選挙運動を行いましょう。日本をよくするためです。一緒に当選目指して頑張りましょう。クルーのみなさんも全力を尽くしてください」

有美はこぶしで胸を叩《たた》いた。

全員が一斉に拍手をした。

田中が谷村に身体を寄せてくる。

「クルーって言ってなかった。それって、私たちのこと」

「たぶんね」

谷村は有美に目を向けたまま答えた。

部屋の隅で濱口と池田が顔を寄せ合っている。谷村は微妙に位置を変えた。

「病院で有美さんに会った。今度の選挙への出馬の話をしたら、即オーケーだった。気が抜けたよ。政治嫌いって言ったのは誰なんだ。昌平先生の強い意思だとも言ってある。あんたたちもそのつもりで」

池田が声を潜めて濱口に伝えた。

「まあ、無難なところでしょ。我々に異論はありません」

「問題は西川だ。あいつ、今度も出る気らしい」

「公認なしにですか。前回を含めて三千万円以上使ってる。ドブに捨てるようなもんだ」

「西川さんの奥さん、資産家ですからね。旦那を国会議員にするのが夢らしいですよ」

元県会議員の西川は前回の選挙で同じ民自党から立候補した。当然、党の公認は昌平がとった。西川は徹底的にどぶ板選挙を行い、思った以上に善戦している。

「今回はふんどし締め直さにゃならんぞ。昌平先生が病気で、ちょっと変わった娘が後継者だからな」

有美の話が終わった。スタッフ全員と握手をして回った後、濱口のところに来た。

「濱口さんもふんどし締め直して、頑張ってくださいよ。ちょっと変わった娘も頑張りますから」

笑みを浮かべながら言う。

もちろんですと、濱口は答えた。心なしか顔が引きつっている。

池田たちは、よろしく頼む。と繰り返して、あいさつ回りだと言って、有美を連れて出て行った。

「大丈夫ですかね、有美さん。変なノリでしたね」

谷村はリモコンを取ってテレビをつけながら言う。ワイドショーでは花塚がハンカチを目に押し当てている。

「おまえ、この町の出身だろ。有美さんとはどうなんだ」

「どうなんだと言っても、一回り以上違いますからね。私が事務所に入った時は、有美さんはほとんど東京でしたし」

「有美さん係やれ。決定だ」

濱口が有無を言わせぬ言い方で言い、谷村の肩を叩いた。

事務所は一丸となって、川島有美擁立の準備に入った。まず、川島有美のチラシの作成をするのだ。

翌日の朝から、有美の写真撮影をしたが、ほぼ半日かかった。服の選定、髪型、化粧まですべて有美の指示に従った。

父の後継者となることが決まって三日後には、有美は大量の荷物と共に、東京から小脇市の実家に移ってきた。

2

谷村が有美の実家に車で迎えに行くと、有美が門の前に立っていた。御影石の堂々とした門柱が両脇に建っている。

川島家は小脇市の名家で、敷地面積五百坪の邸宅だ。白塗りの土塀に囲まれ、門から母屋まで十メートル以上飛び石が敷かれている。庭には池があり、鯉が飼われている。屋敷は二階建ての純日本家屋だ。

谷村は後部座席のドアを開けた。有美が乗り込んだ。

薄いピンクのブレザーと同色のパンツを穿いている。肩から下げているバッグも高価そうだ。背が高く華やかさを備えた人だ。小脇市を歩くと、かなり目立つだろう。

「谷村くんだったわね。よろしくね。父から時々あなたのこと聞いていた。あなた、Bマイナス評価だって。もう少し頑張ればすぐにワンランク上がるって。頑張りなさい」

「昌平先生、そんな話、有美先生としてるんですか」

「有美さんでいいよ。『先生』は父とまぎらわしい。それに私、先生は嫌い。小学校の先生を思い出して。なぜか私を目の敵《かたき》にしてた、イジワル女よ」

「もうすぐ選挙です。有美さんは川島昌平の後継者として、千葉県第十二区から立候補することになります。定数は三人。今までは民自党と野党が分け合ってきました。あとひと月ほどで解散が騒がれています。それまで、徹底的に顔を売りましょう。濱口さんの指示です」

「県連の池田さんたちから聞いています。よろしくお願いします。皆さんの力が必要です」

丁寧な返事が返ってくる。

　バックミラーを見ると、ふんぞり返って、化粧を直している有美の姿が映っていた。

「出発前に今日の予定を話しておきます。事務所に寄ってから県連に挨拶に行って、小脇市の有力者に挨拶に回ります」

「私、田舎の人はほとんど知りません」

　小脇市は人口四十万ほどの中堅都市だ。たしかに東京に比べれば田舎だが、東京には一時間ほどで行ける。

「分かっています。今後はこれを持っていてください」

　谷村が有美にスマホを渡そうとすると、有美はポケットから自分のスマホを取り出した。

「私、スマホは持ってる」

　谷村はスマホに宮本浩史と呼びかけた。

「後援会会長、宮本建設会長。七十五歳」

　読み上げると画面を有美に向けた。顔写真と住所、学歴などのデータが表示されている。

　次に、池田信夫と言ってみる。

「県会議員。県連、幹事長代行。六十歳。当選三回」

　画面には、同様なデータが出ている。

「関係がありそうな人、五百人分のデータが入っています。選挙区の県会議員と市会議員、後援会の幹部と主要人物。経済界、マスコミの者です。一応全員公人ですが、個人情報保護で微妙な部分があります。だから人には見せないで」

「コレ、気に入った。会社でも使える」

「昔の政治家は、一度会った人の顔と名前と肩書は忘れませんでした。政治家の努力が足りなくなったのです」

「今は、覚えることが多すぎるのよ。昔は、よほど覚えることが少なかったんじゃないの。私には絶対にムリ。会って五分後には忘れてる」

「そう聞いてるので用意しました」

「便利なものが出すぎるのね。だから、他に時間が使えるんだけどね」

　有美はスマホにタニムラットムと吹き込んだ。

「三十一歳、男性。身長百七十六センチ、体重六十二キロ。現職、川島昌平私設秘書。本籍、現住所、学歴、職歴……。書道は三段。あなた字を書くの」

「字くらい書けますよ。遊ぶのはやめてください」

「英検一級か。すごいね。私は三級」

谷村はスマホを手で遮った。

「髪はぼさぼさ、一見その辺のお兄ちゃん。年より若く見える。まあ、イケメンの部類か。私の好みかも」

有美がスマホから谷村に視線を移し続けた。

「ふざけないでください。先生――じゃなくて、有美さん」

「イヤだ、照れてるの」

有美が笑いながら言う。人懐っこい笑顔だ。

「スマホはさり気なく使ってください。こういうのに対して、うるさい人も多いから」

有美は気にする様子もなく、他の名前を吹き込んでいる。

「シートベルトをお願いします。選挙の候補者が警察に引っかかると、マスコミが飛んできますから」

有美がシートベルトをするのを確認して、車を発進させた。

谷村は有美とともに、濱口が立てた予定表に従って、公示前の選挙活動を始めた。

「どぶ板選挙というわけね。時代遅れよね」

「いちばん地道で、効果的なやり方です。昌平先生もやっておられました」

「私は見たことがない。父は選挙のときにも、地元にはほとんど帰らなかったんじゃないの」

「それは大臣経験をしてからです。他の候補者の応援です。それまでは地元重視に徹してましたから。辻立ちもしましたよ」

「なにそれ」

「有美さんも見たことあるでしょ。駅前に立って、通行人に呼びかけてるやつです」

「鉢巻して、のぼりを持ってるやつね。子どものころ、やりたいと言ったら邪魔だって」

「だったら、今やってください」

「バカじゃないの。いい年してやることじゃないわよ。あんな桃太郎のようなこと」

有美はバンの後部座席で足を組み、ペットボトルの水を飲んでいる。

「今日の予定は戸別訪問です。公示後はやれなくなります。今のうちに、しっかり顔を覚えてもらいます。よろしくお願いします」

　有美は黙っている。

「家を回って、私がインターホンに呼びかけます。家の人が出てきたら、有美さんが挨拶をする。ただよろしくと頭を下げてください。チラシを渡して、またよろしくを繰り返す」

「なんか、芸のない仕事ね」

　有美はガムを噛んでいた。谷村は無言でティッシュを差し出す。

「そのとき、相手の手を握りしめる。片手じゃだめです。両手でしっかりと。相手の目を見つめて。心臓を、心をつかむんです」

　有美はもう何も言わない。

「何か不自由なことはありませんか」

　有美はおばあさんに聞いた。

　最初の訪問宅で出てきたのは年を重ねた女性だった。

「不自由なことだらけです。川上先生にはお世話になって。ありがとうございます」

老女は手を合わせた。

「川上じゃなくて、川島でしょ。私は川島有美、川島昌平の娘です。みなさんのお世話をします。だから、選挙用紙には川島有美と書いてくださいな。美《び》が有《あ》る、の有美です」

有美は谷村に言われたように両手で握手をして、別れた。

車に乗り込むと表情が変わった。

「途中で百円ショップに寄って」

「トイレですか」

「行けばいいのよ」

「私が買ってきます」

「駐車違反は困るでしょ。私は免許持ってないんだから」

「前に車を運転してるの見ましたよ。赤いスポーツカー」

「免許がなくても、運転くらいできるわよ。今は一年の免停中」

「今後一切、運転しないでください。捕まれば、選挙は一発でアウトですから」

「もう懲りてる」

有美はパンツを上げて足首を見せた。十センチほどの肉の盛り上がりがある。

「去年、事故ったの。今は縫うのじゃなくて、クリップで止めるの。バンバンバン。あんな痛い目には二度と、あいたくない」

有美は谷村を待たせて、百円ショップに駆け込んでいく。

十分ほどで戻ってきた。レジ袋から白手袋の束を出した。スプレー式の消毒液も十本以上ある。消毒液で手を念入りに消毒して、白手袋を着けた。

昼までに谷村は有美を連れて百軒近く回った。そのうち、在宅だったのは三分の二ほどだ。

「なんで外国人にまで愛想よくしなきゃならないの。彼女、選挙権ないって言ってた」

「定住者です。旦那さんがいるでしょ。表札だと日本人です。旦那には親戚だっているでしょ。チラシを置いてくれれば誰かが見ます」

「人類みな兄弟ってわけね」

有美が自棄《やけ》のように言う。

バンは駅前のロータリーに入った。

ここで立会演説会をするのだ。

「あれって、西川さんでしょ。濱口さんと池田さんが話してた。ふんどし締め直すって」

「明日からここで辻立ちをします。よく見ておいてください」

有美は谷村が渡したスマホで西川を呼び出している。写真とデータが現れる。

「先生のライバルになるはずでした。今度は有美さんのライバルです」

「よさそうな人じゃない。なかなかハンサムで。顔も学歴もお父さんは負けてる」

「若くてちょっと頭がいいだけです。奥さんは美人ですが」

有美が手を振ると西川も振り返してくる。

「遊んでる場合じゃないです。これから死ぬか生きるかの戦争なのに」

「そんな言葉は使っちゃダメ。日本は平和憲法なんだから」

「憲法って、読んだんですか」

「当たり前よ。法学部卒なんだから。これでも弁護士を目指したことがある。一週間で諦めたけど。やたら難しい言葉が多くて、漢字も多すぎる。私向きじゃない」

谷村も法学部だ。弁護士など目指したことはない。憲法も試験前に拾い読みをした程度だ。大学時代はアルバイトに明け暮れていた。昌平に拾われなかったら、アルバイトを続けていただろう。

待っててください、と言い残し、谷村はバンを降りて、西川の車の方に行った。

「どうしましょう。バッティングしそうです」

谷村は西川の秘書の森田に言った。彼とは年も近く顔見知りだ。

「うちの先生が、川島さんがお先にと。新人だから大変だろうって。西川先生だって、国政では新人なのに」

森田が声を潜めて言う。

「本当に大変なんです。世間知らずのお嬢さんで」

「大変なのはこっちも一緒。おたくがいるので、公認もらえなくて無所属で出てるんだから」

「でも、おたくらは、これの心配をしなくていいし」

谷村は親指と人差し指で○を作った。

「金ばかりじゃないでしょ。無理だと思うけどね。本人も、ヤバいとは思ってるみたい。今回は昌平先生、引退だって喜んでいたんだけどね。娘はあとを継ぐ気がないと聞いてたんで」

「色々あるんだろ。我々下っ端秘書の知らないところで」

谷村は選挙カーの西川に向かって頭を下げて、有美の所に戻った。

〈公認〉とは、選挙の際に政党が公式に候補者として認めることだ。公認が取れると、党から選挙資金の一部がもらえ、党の名前を公に使える。知名度と信頼度が得られ、企業や支持団体からの献金を受けやすくなる。党の幹部や有名議員が応援に来ることもある。

「そういえば奥さんは大丈夫なの」

谷村が聞くと、森田の表情が曇る。

「あんまりよくなさそう。今度も、奥さんの意向をくんだようなところがあるし。支持者への顔もあるから、一応出とかないとね。出て落ちたってことが次に大事だから」

「またやるのか。なんか、忘年会みたいですね。年の終わりの行事」

「まあ、お互いに頑張りましょう」

ロータリーで三十分余り演説をした。

谷村は有美を連れて、地方議員の出版記念会、政治資金パーティー、結婚式などを精力的に回った。

有美を送ってから、事務所に戻ると向井が病院から帰っていた。

「昌平先生、どうですか。病院へ行ったんでしょ。今リハビリ中ですよね」

「お医者さんも驚くほどよくなっています」

「聞かれませんでしたか。有美さんのこと」

濱口に口止めされ、昌平には有美のことは何も言っていない。

「薄々は知ってるんじゃないかな。自分は引退。後継者は有美さん。自分の病状を考えると、最高の選択。皆さんに感謝してると思います」

谷村もそう思っている。

「どうですか、お嬢さん」

向井が聞いてきた。彼は有美が学生のころから知っている。

「やる気はあるんですけどね……今ひとつ、分かってないんです」

通りかかった田中が「おはようございまーす」と、有美をまねて通りすぎていく。

3

有美にとって、初めての記者会見の日だ。

次期選挙には川島昌平の後継者として、娘の川島有美が立つことを告げる。

「昨日渡した原稿は読んでいただきましたか。想定問答集も付けています」

谷村は有美に聞いた。昨夜、送っていって別れるとき、「明日のスピーチの原稿と想定問答集です」と言って、A４判のペーパー五枚を入れた封筒を渡したのだ。有美は受け取ると、トートバッグに無造作にしまって、家の中に入っていった。

「大丈夫よ。バカじゃないんだから」

有美は演台に上がり、中央の椅子に座ると、トートバッグからペーパーを出した。

両側には県連幹事長代行の池田と副幹事長の森下が座っている。

周りを囲むように集まっている記者の数は三十人を超えている。

谷村は濱口と会見場の隅に立っていた。

「それでは川島有美氏による、決意表明を伺いたいと思います」

池田が有美の経歴を紹介した後、有美の前にマイクが置かれた。

「今日はお忙しいなか、皆さんお集まりいただきありがとうございます。このたび、私川島有美は千葉県第十二選挙区から、次の衆院選に立候補する決意をいたしました。どうぞよろしくお願いを申し上げます。この今の時代、カクカクが自らの目標にむかって――」

谷村は思わず有美を見た。何を言ってる。記者たちも事前に渡された用紙を見ている。

「どのような政治が必要とされているのか。それは、カクカクが次の時代に負担を先送りにしない、そんな政治こそが必要であり――」

記者たちがお互いに顔を見合わせている。

「あのバカ、各々をカクカクと読んでいる。おまえ、ルビを振らなかったのか」

原稿を見て濱口が谷村を睨みつけた。

記者の間から失笑が漏れ始めた。

「そして大事なのが、防衛大臣を経験した父を見習い、私を含めた政治家が、カクカクの信頼を取り戻すために――」

谷村はスマホを出して、メッセージを送信した。

有美がスマホを見ている。

「現在、日本は大きな危機に直面しています。コロナ禍に加え、多くの災害に見舞われました。それを乗り越えていくのが、オノオノの意識の変化です」

記者たちの表情が変わった。有美は彼らに微笑みかけている。

「あなたたち、私をバカだと思ったんでしょ。あなたたち、東大出てる人もいるでしょ。でも、政治は大学じゃないのよ。ここじゃなくて、ここよ、ここ」

声のトーンを突然変え、指先で頭を指し、次に左手でドンと胸を叩いた。

「そして我々が早急に考えないといけない課題はもちろん、日本人としての各々の意識の改革です。そのために私が少しでもお役に立てれば、父、川島昌平も喜んでくれると信じています」

有美が、何か質問はというふうに、悠然と記者たちを見渡している。

記者たちが挙手を始めた。

「あいつ、早く連れてこい。何をしゃべりだすか分からんぞ」

濱口が谷村の背中を押した。谷村は拍手をしながら有美に近づいた。

「では一つだけ。せっかくの小脇市からの有力女性議員候補です。今回の選挙の争点の少子化対策について、女性の立場から一言お願いします」

挙手をしていた女性記者を有美が指差したのだ。

「もちろん、考えなければいけない重要問題です。この国で真っ先に取り組むべきことでしょうね。結婚数と子どもの数が比例していない。これは、大きな問題です。結婚してるのに出産しないなんて怠慢ですよ、人として機能してないわけですから。私は結婚してないんですけどね」

記者たちの空気が変わった。池田が大きく目を見開いて、濱口を見ている。場の空気の変化に気づいていないのは有美だけだ。

「だから、どうせ子どもを作る気がないのであれば――」

「ありがとうございました」

谷村は大声を張り上げ、有美の腕をつかんで会見場を出た。

谷村は有美を美容院に送り届けて、事務所に戻った。

「少子化問題は、必ず聞かれると言ったはずだ。想定問答集に入ってただろ。おまえなんて書いたんだ」

濱口が谷村のそばに来て強い口調で言った。

「出産、育児環境の整備の重要性、女性が安心して子育てできる環境を作る政治の重要性について書いています。ヤッパリ、有美さん、読んでなかったんです」

「あのバカ、自分で自分の足を引っ張ってる、ってことに気づいていない。これこそが大きな問題だ」

濱口が怒りを込めた顔で吐き捨てて、続けた。

「しかし、あれは冗談なんかじゃなく、本音だぞ。だとすると、余計に始末が悪い。昌平先生はどんな育て方をしたんだ」

「ただ、ひたすらに可愛がったって言ってました。だから、おまえもそうしろって」

「で、ああなった。よーく、見とけよ。今度の選挙、絶対に勝て。勝ってその子育ての間違いを証明しろ」

濱口が叫ぶように言った。

岩淵がしきりにスマホをいじっている。

有美の失言が載っているSNSを調べているのだ。

出ましたと言って、スマホの画面を谷村たちに向けた。

「やはり、マズいな。かなり広がっている。最近、厳しいからな、この手の失言は。

これでマイナス十点」

濱口が深刻な顔で言う。

有美の失言に点数をつけようと言い出したのは田中だ。同性にしても怪《け》しからんと言い出したのだ。田中は独身だが、子どもを作るより自分の人生を生きると言っている。ちなみに田中は五人兄弟だ。自分の分まで親が産んでくれたそうだ。

「百点満点で減点百二十点。零点以下のマイナス二十点です」

田中は同性なので厳しめなのか。

「対策はないのか、あのバカをなんとかする」

「対策なんて立てようがないです。予想不可能な言動。どうなるか、分からないのに」

結局、当分様子を見るしかないという結論になった。

翌日、移動中の車内で谷村はそれとなく有美に注意した。

「記者会見での失言。ツイッターや他のSNSに出てますよ。かなり炎上しています。今後は、最大限の注意を払って――」

「ホントだ。すごい言われよう。〈社会常識のない女〉〈女の天敵、死ね〉〈この女、脳ミソゼロ〉――こんなの全然気にしない。ある意味慣れてる。〈あのブス、自分のことを考えろよ〉――これは気にする。ブスはないでしょ。顔見たこともない奴よ。だいたい、私、匿名の相手は気にしないことにしてるの。顔も出せない、臆病者で卑怯者よ。そんなのは自分がブスでバカな奴よ。谷村くんも気にしないで。でも、心配してくれてありがとう」

有美はスマホをオフにして、深く座り直した。

「ほんとに気にしないんですか。かなりひどい言われようです」

「してもしょうがないでしょ。こんなことしかできない奴らなんだから。谷村くんは気にしてくれてるの」

「そりゃ、そうです。選挙に響きますから」

有美は再度スマホのスイッチを入れた。

「〈いいこと言った、女の鏡〉〈ガンバレ、女戦士〉〈おまえの言葉で、人口増加間違いなし〉〈日本のジャンヌ・ダルク〉――これって、賛同者でしょ。あまり悲観的に考えない方がいい」

ほら、とスマホを持って運転席に身を乗り出してくる。

「今日は、ありがとう。〈オノオノ〉送ってくれて。普通は読めるのよ、あのくらい。社長やってるんだもの。私、パニックになってたの。あんな場所、初めてだったし。でも、かえって腹が据《す》わった」

「切り返し、うまかったですよ。ビビってる記者もいたし。評価が変わった記者もいるはずです」

車を止めた。事務所の前に数人のマスコミの者がいる。

事務所の前で有美が車を降りると、カメラを持った男がやってくる。

有美の前に谷村が立った。

その谷村を有美が腕で払う。

「川島さん、今回の発言についてのコメントは」

「誤解があったと思ってます。真意を知ってもらえれば、きっとわかってもらえます」

「どうわかると言うんです。あれだけはっきりと言っといて。あれ、差別発言。おまけに、男女雇用機会均等法にも反してる。あんた、ＳＤＧｓって知ってんですか」

「今度勉強しておきます。急いでるんです」

有美は谷村の腕をつかむと事務所に入っていった。

事務所には池田、森下、石橋、浜田たち、地方議員が来ていた。

有美はわずかに頭を下げると、急ぎ足でトイレに入っていく。

「なにやってんだよ。脇が甘いんだよ。ちゃんと質問想定して準備しないと」

池田が谷村に言う。

「用意してたんですが」

「してたら、あんな答えをするわけないだろうが。人として機能してない。どういうことなんだ。党として大問題だぞ。政治家としては致命的だ」

谷村としても、返す言葉がなかった。たしかに、最近の叩かれどころを満載にした発言だ。

「とりあえず西澤先生にフォローを頼んであるから。あの人、ケーブルテレビに自分の番組を持ってるんだ。〈西澤、やさしい政治ニュース〉の中でフォローしてもらうように頼んでる。うまく収まるように、祈ってるんだな」

「ありがとうございます」

谷村は直角に腰を折って頭を下げた。西澤は隣の選挙区のベテラン議員だ。甘いマスクで長身、モデルみたいだと女性受けがいい。他の議員が言うと大騒ぎになりそうなことも、西澤が言うと何ごともない。かえって、喝采を受けることもある。

「今度、こんなこと言ったら、我々も見捨てるよ。選挙に出たい奴なんて、ゴロゴロいるんだから」

谷村はその第一候補があんただろうという言葉を呑み込んで、頭を下げ続けた。

4

池田たち地方議員が帰った後、明日の打ち合わせをした。

「決起集会ですが、始まる一時間前に会場に入っていただいて、来賓の方々に挨拶をしてください」

谷村は有美に来賓のリストを見せた。

事務所の外から、騒ぎ声が聞こえてくる。記者会見での有美の発言に抗議する集団の声だ。

有美は時折り、持っている紙から目を離し、ドアの方を見ている。いらだちを隠せない様子だ。

谷村は構わず続けた。

「その後、後援会つながりの方の紹介があるので、よろしくお願いします。彼らにはファックスを送っておきます。お年寄りが多いので、メールより、ファックスがいいそうです。何か質問はありますか」

「あんた、よく平気でいられるわね。何なの、あの声。気に障る」

有美は髪に手を入れてイライラした口調で言い、視線を入口に向けた。

「市民団体です。放っておけば帰りますよ。あと一時間、子どもが学校から帰ってくる時間です」

「十人以上いるそうよ。事務所の前で騒がれると問題が多いんじゃない」

「ご近所さんです。昌平先生は平気でした。だから有美さんも――」

有美がバンとデスクを叩いて立ち上がり、ドアの方に歩いていく。

谷村は慌てて後を追った。


事務所の外には十人余りの男女がいた。中年からかなりの高齢者までいる。おそらく八十を過ぎている。小学校入学前の子ども連れの人もいる。孫なのだろう。

「ちょっと、うるさいんですよ。静かにしてよ。こっちは仕事してるんだから。こんなところで、大声出して。恥ずかしくないんですか」

有美は入口に一番近い所にいた初老の女性に言った。彼女の横には女の子が立っている。

「私らが抗議に来たのは、あなたの発言がおかしいからでしょ。今どき、産む、産まないは個人の自由でしょ。それに、産みたくとも産めない人だっているのよ。それをよりによって、人として機能してないとは――」

女性の声は怒りに震えている。女の子が泣きそうな顔で女性の手を握った。

「まあ、おばあちゃん、興奮しないで。身体に悪いよ」

有美は妙に落ち着いた声を出した。

「あんたが悪い。早く謝罪しろよ」

有美の周りにはたちまち人垣ができた。

谷村はその人たちをかき分けて、有美のところにたどり着いた。

「受け取り方の問題じゃないですか。私は結婚してるのに出産しないなんて、怠慢だって言ったんです」

「人として機能してないとも言っただろ」

最年長と思われる男性が怒鳴った。

「そうじゃないんですか。結婚して一緒に住んでれば、色々やるでしょ。そうすると、子どもは自然に——」

女の子が有美をじっと見ている。有美は女の子の前に座り込んだ。

「ねえ、お嬢ちゃん。ママとパパはお布団一緒でしょ」

「違う。なっちゃんはママと一緒。パパは帰りが遅いから一人で寝てる」

「パパだって、ママたちと一緒のお布団で寝たいよね」

「パパも言ってるけど、ママがイヤだって」

「やめなさい。なっちゃん」

女性が子どもの腕をつかんで有美から離した。

「パパもママも疲れてるのよ。私が言いたいのはそういうこと。人として機能できないような社会を否定しているのです。父親の労働時間を減らすべきなんです。働き方改革とか言いながら、この国は何もやっていない。主婦だって子育てで疲れてるんです。せめて寝るときくらい夫と一緒に。あなたたち、分かりませんか」

「そんな――詭弁は通用しない」

女性の声のトーンが落ちている。

「あなたたち、言葉の意味もろくに考えないで、ワイワイワイワイ、どうかしてるんじゃない」

「ちょっと、やめましょう。みんな見てる」

谷村が辺りを見て言う。通行人が立ち止まり、こちらを見ている。

「日本をだめにしてるのは、あなたたちなんじゃない。こんなところで騒ぐ暇があったら、家で寝てなさい」

「なんだと、おまえら政治家は——」

最年長の男性がまた詰め寄った。

「何ごとなんだ。事務所の前でみっともないぞ。選挙も近いんだから」

宮本を先頭に後援会の人たちがやってきた。

「なにやってるんだ、あんたら。人の事務所の前で営業妨害だろ。警察呼ぶぞ」

宮本が市民団体の人たちを睨みつけ、大声を出した。

「ほらね。みんな、迷惑なのよ。こんなところで騒ぐのは」

「あんたもあんたで何やってるんだ。こんなのと関わって。まともに相手する人間じゃないだろ」

宮本は有美に向き直った。

「その言いぐさはなんだ。人権侵害だぞ」

「こんなのはこんなのなの。あんたら、他にやることがあるだろ」

今度は市民団体と後援会の面々が、有美をおしのけて口論を始めた。

谷村は双方を抑えようとするが、収まる気配はない。

その時、激しいクラクションの音がした。

事務所前に止まっている車の運転席に、有美が上半身を入れてクラクションを鳴らしている。

「路上で言い合うのはみっともないし、交通妨害でしょ。事務所に入ってもらいなさい」

有美は谷村に怒鳴った。

「ピザ十人前にサンドイッチ五人前でいいんですね。子どもにはオレンジジュース」

岩淵が有美に確認してスマホで注文した。

話をしている間に市民団体と後援会の者に、小学校が同じだという者が出てきたのだ。

「うそ、亀中なの。後援会の村岡さん、この人も亀中だって。かぶってるんじゃないの」

有美は谷村にもらったスマホを出した。名前を入れると、写真を含め、出身校などのデータが出てくる。

「このアプリ、内緒よ。個人情報保護のギリギリらしい」

有美はそう言って、市民団体の者に見せて回っている。

話が進むと、孫が同級生という者まで現れた。

亀中と孫の話で、一時間近く盛り上がった。

そろそろ孫が小学校から帰ってくる時間だ、と老人の一人が言った。それを合図に全員が立ち上がった。

「すいません。一人、五百円いただきます。ワンコインです」

岩淵が紙コップを掲げて言った。

「なんだ、金取るのか」

「当然ですよ。このまま帰すと、あなた方、買収とか収賄とかで騒ぐでしょ」

公職選挙法には「買収および利害誘導罪」がある。金や接待などの買収行為を禁じるものだ。三年以下の懲役または禁錮または五十万円以下の罰金と重い。

「コーヒー代は事務所のサービスです。本当はダメなんですが、濃いめのお茶ということで」

岩淵がお金を徴収して回った。

岩淵が時計を見て、テレビのスイッチを入れた。地元のケーブルテレビだ。

「全員、注目」

スタッフに向かって怒鳴った。夕方のローカル番組の時間だ。

〈さあ、千葉県のバチバチテレビ、「西澤、やさしい政治ニュース」の時間です。昨日の川島有美氏の女性蔑視ともとれる発言に関して、地元選出の西澤議員がやさしく解説してくださいます〉

女性アナウンサーの声が響いた。

西澤議員の事務所で、西澤がテレビカメラの前で分かりやすい政治解説をする時間だ。

執務机に座った西澤がテレビカメラに向かって軽く頭を下げる。

西澤は有美のポスターを指差しながら話した。

〈彼女も国と国民のためにガンバレとエールを送って言ってるわけです。ただまだ若いですから、過激な言葉が出ることもあるのでしょう。いや、それほど若くはないか。四十五歳でしたか〉

立ち上がってポスターに近づき眺めた。

〈ずいぶんお若く見えますな。若作りしてるのか、写真の修整か。最近の修整技術は素晴らしいですから。いずれにしろ、今回は大目に見て、これからの活動で職務を果たしてもらいたいと思っております〉

話しながらも、ポスターに見入っている。

「見る人はしっかり見てるのよ。そうでしょ」

有美が当然という顔で言う。

「これで一件落着ですね」

谷村は少し安心した。

「西澤先生には借りができた。この借り、早めに返した方がいいな」

「大丈夫です。もう手は回しておきましたから」

宮本に濱口が答えた。

翌日の朝、谷村は事務所の始業時間八時より一時間前に事務所に行って、カギを開けた。有美の迎えは午後からだ。

濱口が県議の池田、森下、市議の石橋、浜田、そして数人の県と市の職員と共に奥の会議室に入っていく。

月一回の「地域振興協議会」の勉強会だ。

八時になると事務所のスタッフがやってきた。

「今日の午前中は奥の会議室には近づかないように」

谷村がスタッフたちに言う。

「例の勉強会ですか。地域振興ってどんな勉強なんでしょうね」

「僕に聞くなよ。知らないことになってるんだから」

岩淵が指先で札束を数える仕草をした。

「なんだ、しっかり知ってるんじゃないか」

「朝っぱらから、生々しい話ですか。夜こっそり集まってやってほしいですね」

「夜は夜で忙しいんじゃないの。いずれにしても我々、下っ端秘書には関係ない」

「昌平先生は知ってるんですか」

岩淵が改まった口調で谷村に聞く。

「知らないはずないとは思うけど。昌平先生、肝入りの〈地域振興協議会〉だ」

「だったら、県庁か市役所でやればいいのに」

「いろいろ、大人の事情があるんだろ。いずれにしろ、我々には関係ない」

「濱口さんは、政策秘書ですよ。それなりの給料はもらってるはずだし、責任もあるでしょ」

岩淵の言うこともっともだ。濱口はここに来て十年だ。それなりの人脈もあり、力も付けている。

地方都市の企業、特に建設会社の大口収入は公共事業だ。地方議員が国会議員に公共事業の必要性を訴える。国会議員はそれを考慮して国の予算編成に強く働きかける。得られた予算は、地方議会で企業に振り分けられる。その時、地方議員の裁量権は強い。

さらに、様々な国の補助金は地方企業にとって欠かせない。巨額の金が動くのだ。その補助金決定に強い影響力を持つのが、国会議員であり地方議員だ。

濱口―県会・市会議員―県職員―企業の構図が出来上がっていてもおかしくはない。しかし、そうなると潤滑油の働きを示すのが、金だ。

「谷村さんも一枚かんでるんですか」

「我が家の家訓。君子危うきに近寄らず。僕の生活を考えてみろ。つつましいもんだろうが」

　言ってはみたが、小物の家訓とも取れる。

「昌平先生は知ってるんですか。事務所でこんなことがやられてるってこと」

「おそらく知らないだろ。いや、知ってるか。いずれにしても、我々下っ端は、見猿、聞か猿、言わ猿だ」

　そうは言ってみたものの、谷村には多くの疑問が残っている。昌平のもとには、町の様々な情報が入ってくるはずだ。

「谷村さん、こんなの黙っていていいんですか」

「自分のオヤジさんのこと、よく考えてくれよ。秘書はどうだ」

　岩淵も心当たりがあるらしく、複雑な顔をしている。

「やはり、よくないよな。ある意味犯罪の要素を含んでいる」

「ある意味犯罪の要素を含んでいるじゃなくて、犯罪そのものです。収賄ですから」

　岩淵が声を潜めた。

　谷村は考え込んだ。何かの折り、濱口に言われたことがある。「あとを継ぐのはおまえだぞ」と。そのときは、笑ってごまかしたが、時折り考える。後を継ぐとは川島昌平のあとなのか、濱口祐介のあとなのか。

「事業をうまく回す、潤滑油だ。必要悪とも言うんだから。すべては選挙区の住民のためだ」

なるほどと思うことはあるが、やはりスッキリとはしない。

「濱口さんって、いずれ国会に出るつもりですか」

「リアルなことを聞くなよ。川島事務所は、川島有美という新人候補が出たんだから。しっかりサポートすることだけ考えればいい」

谷村は仕事に集中しようとしたが、つい考えてしまう。壁一つ隔てた場所でリアルな駆け引きが行われている。それを仕切っているのは、濱口なのだ。

会合が終わり、数人ずつで帰っていく。最後に県議の池田と濱口が顔を寄せ合って出てきた。スタッフたちは仕事に集中している。いや、している振りをしているだけなのか。

入口で別れるとき、濱口が池田に封筒を渡すのが見えた。

第二章　選挙準備

1

有美と岩淵と谷村は市の文化センターに向かっていた。

近づく選挙に向けて、民自党の決起集会が開かれるのだ。

「今日は重要な集会です。有美さんが衆議院議員の川島昌平の後継者として、次の選挙に出ることを宣言します」

今日は助手席に座っている谷村が気合を込めて言った。運転は岩淵がしている。

「お渡しした決起集会のスピーチ原稿、読んでくれましたか」

昨夜、谷村は有美に数枚のＡ４のペーパーを渡した。今回は、大きめの文字に、難しそうな漢字にはルビを振ってある。

バックミラーを覗くと、有美は無言で窓の外を見ている。

「池田先生たちにも、今回の騒動で色々動いていただいてご迷惑をかけてます。集会が終わったらご挨拶がてら、お詫びに行きましょう」

やはり有美は答えないが、谷村は構わず続けた。

「今日の集会には他の県議や市議の方たち、後援会の宮本さんや、富田さんも来ています。失礼のないように、よろしくお願いします」

谷村は身体を前方に向けたまま、深々と頭を下げた。


会場には四百人近くの人が集まっている。

壇上には県連の民自党の国会議員、地方議員が並んでいる。

谷村は濱口と舞台袖で見ていた。

最初に県連の会長代理、荒木の挨拶が始まった。

「時代はまさに変革期を迎えています。このような時代だからこそ、政治の役割が大きくなり、同時に変革も求められているのです。この重大なときに、川島昌平先生が病に倒れられたことは、我が党ばかりではなく、日本にとって大きな損失と言わざるを得ません。しかし、先生は大いなる希望を残していってくださいました。先生のご息女であられる川島有美先生です」

荒木は昌平の功績を列挙し、有美の経歴を述べた。

「では、すでに多くの方がご存知でしょうが、川島有美さんです」

有美の顔つきが変わった。ボンヤリしていた表情に生気が宿った。谷村にはそう見えた。

立ち上がると、舞台に並ぶ幹部たちに軽く会釈をして、演台の前に立った。

谷村は予備の原稿を握りしめた。有美が持っていなければ、すぐに届けるつもりだったが、有美の手元に原稿はある。

それを有美が演台に置いた。

「本日はこのように多数の方たちがお集まりくださって、ありがとうございます」

有美が深々と頭を下げる。原稿通りだ。

「最近ではとんだ逆風もありましたが、私はまったく元気です。克服すべき障害は高ければ高い方がいい。私は常々、父からそう言い聞かされて育ってきました。今までも多くの障害がありましたが、父からの言葉を胸に、乗り越えてきました。今回も同じです」

ちょっと違うが、まあいい。その調子で——。

「間違いなく当選することで、父の思いの十分の一でも……すいません。父の職務である、その……」

有美の言葉が途切れた。下を向いて顔を上げようとしない。

会場は静まり返り、聴衆は息を呑んで有美を見つめている。

「おまえ、原稿渡したのか。また、漢字が読めなくなったんじゃないだろうな」

谷村の横で濱口が押し殺した声で言う。有美さん、がんばれ。谷村は必死で念じた。

「あのバカ、何を考えてる」

後援会会長の宮本の声が聞こえた。

やがて、有美が顔を上げた。聴衆を見つめている。

会場は依然、静まり返っていた。

有美がハンカチを取り出して、目がしらに当てる。

会場から有美に注がれている視線が、柔らかいものに変わっていくのを谷村は感じた。

「当選したいと思ってます」

有美の口から絞り出すような声が出た。さらに会場をゆっくりと見回す。

「でも本当はつらくて……私、本当はやりたくないのに、絶対受かるって言われて無理やり、それに父がどうしてもって言ってるからって、いろんな人に言われて……」

再び声が途切れた。

「何を言い出すんだ。泣くな。講演を続けろ」

宮本が拳を握り締め、有美を睨みつけている。

有美の頭が心持ち前に倒れた。スピーカーからは、すすり泣くような声が聞こえてくる。

静まり返っていた会場にも、さざ波のような声とともに目頭にハンカチを当てる者もいる。

突如、有美の声のトーンが変わった。

「選挙運動をやってるのが本当につらくて、あれをやれこれをやれって、すごくひどいんです。マスコミは私を目の敵にしてる。私は質問に、ただ答えただけなのに。おまけに、ＳＮＳでの言われよう。あれでは、自殺者が出るのも当然です。私は一生懸命やってるのに、こんな目にあうなんて思わなかった。知ってたら絶対にやらなかった」

谷村たちは啞然《あぜん》としていた。

自分の言葉に感極まって泣く議員は、何人か見てきた。これは違う。イジメられて愚痴を言いながら泣く子どもだ。

さらに驚いたのは、会場からもすすり泣くような声が聞こえてきたことだ。なんなんだ、これは——。

「おい、何とかしろ。おまえがお嬢さん係だろ」

濱口が上ずった声を出し、谷村の背中を押した。

押されるままに谷村は演台に上がり、有美に近づいた。

「有美さん、落ち着いてください。スピーチを続けましょう。ね、お願いです。ここが踏ん張り時です。頑張ってください。みなさん、有美さんの言葉を待っています。頑張りましょう」

囁《ささや》いたつもりが、声がマイクに入っている。

聴衆も啞然として見ている。

「そうだ。ガンバレ、川島有美。俺たちがついてるぞ」

突然、声が上がった。それにつられるように、拍手が広まる。

「マスコミの声なんか気にしないで。言いたいことを言って。私たちは有美ちゃんの味方よ」

「なにがなんでも当選させてやる。票を入れるのは俺たちだ。マスコミじゃない」

「SNSの書き込みなんて、気にしない。私、強力な弁護士を紹介してあげる」

「今度、一緒に食事しましょ。美味しい店を知ってるから」

「あんたはブスなんかじゃない。すごくきれいだ。ただ、ちょっと化粧が濃いだけだ」

様々な声が飛び始めた。

有美は顔を上げて姿勢を正した。聴衆に対して深々と頭を下げる。

聴衆から、ざわめきが消えていった。全員が有美の言葉を待っている。

有美は演台の原稿を手に持った。

「私は父、川島昌平の娘として、父の業績を汚さぬように全力を尽くして、故郷の小脇市のために働く所存であります。そのためには――」

予定三十分の演説は十分の延長で終わった。

最後に演台の前に出て、聴衆の前で深々と頭を下げた。

会場は拍手の嵐に包まれた。


決起集会は終わった。

谷村が有美を連れて事務所に戻ると、後援会の宮本や富田たちが集まっていた。

有美は泣いていたのがウソのように、真顔になっている。

後援会の者たちが、有美を取り囲んだ。

「ちょっといいかげんにしろよ、あんた。みんな集まってるのに、なに考えてるの」

「テレビや映画じゃないんだ。政治家が簡単に泣くようなら、国民はついてこないよ。悲しいときには、笑うくらいの覚悟がなきゃあ」

「だめだよあれは。講演途中で泣き出したりして。また漢字が読めないのかとハラハラしたよ」

宮本たちが次々と非難する。

「またそれなの。だから、なんでそんなに言われなきゃダメなの。私は一生懸命にやってるんです。父とみなさんのために」

有美は宮本たちを睨みつけた。

「そういう意味じゃない。そもそも誰もそんなこと、言ってないじゃない。さっきのあれ――」

「あなた、なに言ってるんです。私がウソ泣きしたとでも言うんですか」

有美が宮本に詰め寄る。

「違うのか。あんな決起集会、見たことないぞ。主役が泣き出すんだからな」

「なんで、いつも私が悪者なの。私、一生懸命やってるのよ。それなのに、みんなで寄ってたかって。あんたたち、女をいじめるのが趣味なの」

「なに言ってんだ。あんたは先生のひとり娘なんだから、しっかりしなさいよ。自覚を持って――」

「その通り。言っていいことと悪いことがあるんだから。迷惑かかるのは昌平なんだから、気をつけなさいよ」

「父は私を信じて、後継者に指名したのよ。私の言葉は、父の言葉と思いなさいよ。いったい、何が不満なの」

濱口が有美と後援会の者たちの間に割って入った。

「みなさん、冷静になってください。来てくださった方たちは、拍手喝采でした。有美さんを信じて、応援してくれます。これも、ひとえに後援会の方たちのおかげと感謝しています」

濱口が谷村に目くばせした。有美を早く連れていけと、いう合図だ。

谷村は有美の腕をつかんで事務所を出た。

谷村はバックミラーを見た。

有美は座席に深く腰掛けて、スマホをいじっている。

「信じられない。本当はみんな、私なんて選挙に落ちればいいって思ってるんでしょ。だから、あれだけいじわるする」

スマホをシートに放り出した。

「今日の有美さん、カッコよかったですよ」

「なに言ってるの。『あのバカ、何を考えてる』とか言ってたじゃないの。私、耳はいいの」

「そんなことないです。我々は有美さんが素晴らしい政治家になると思ってます」

「秘書っていうのはウソの塊ね。だいたい、私は商売やってるほうが性に合ってるんだから。それを父がどうしてもって言ってるわけでしょ。私にあとを継げって」

谷村のポケットでスマホの着信音が鳴った。

「先生の長年の悲願です。今まで言い出せませんでしたが」

「だったら、もう少し協力できないの。あんなジジイたちに好き勝手言われて。これじゃ、私が本物のバカみたいじゃない」

「申し訳ないです」

協力してるつもりなんですが、と心の中で言った。

谷村はコンビニで車を止めた。

ちょっと、と言ってコンビニに入り、トイレに行った。

スマホには子どもがはしゃぐ動画が映っている。さっき、妻が送ってきたものだ。

〈アリガトウ、すぐ帰る〉谷村は返信して、トイレを出た。

「すいません。お腹の具合が悪くて」

「ストレスよ。あんな、訳の分からない人たちを相手にしてると」

谷村は子どもの笑い顔と声を思い出しながら、車をスタートさせた。

2

　翌朝、午前六時、谷村は有美を連れて小脇駅前の交差点に立った。

　目の前を通勤の男女や通学の学生たちが急ぎ足で通りすぎていく。誰も有美と谷村に目を止めようとはしない。川の流れに置かれた石のような存在なのだろう。ただ、邪魔になるだけだ。

「前にお願いしていた辻立ちです」

　人通りの多い場所に立って、あいさつや演説を行うことだ。名前を連呼し、たまに政策を訴える。選挙区の人に顔と名前を覚えてもらうには手軽な方法だが、体力と忍耐強さが必要だ。もっとも要求されるのは、人に何と思われても動じない度胸と図々しさだと、谷村は思っている。

「一般的な選挙戦術です。名前とあいさつを連呼していれば、イヤでも耳に入り、いつか覚えてくれます。選挙が始まる三か月前には辻立ちを始めろと言われてますが、我々は完全に出遅れています」

二人は川島有美の名前入りのタスキをかけていた。有美に名前入りの鉢巻をするように言ったが、突っぱねられた。

谷村は有美の横で、鉢巻を締め、「衆議院議員候補　川島有美」と書かれたのぼりを持って立った。確かに桃太郎だ。

「行ってらっしゃいませ。ご苦労様です。あとはただ、川島有美をよろしく、を連呼して、頭を下げてください」

「お父さんはそんなことやってなかった」

「有美さんが知らないだけです。当選二回まではやってました。三回目からはやめましたが。時々、奥様が立ってました。今の有美さんは、顔と名前を覚えてもらうことが一番です。地元との連帯感を強めます」

中学の制服を着た数人の女子生徒が有美たちの方を見て話している。有美は何げなく手を振った。生徒たちが弾けるような笑顔を浮かべ、振り返してくる。

「あの子たちに選挙権はなくても、両親や親戚の大人は持ってるんでしょ」

「その通りです。彼女たちは中学生。あと数年で有権者です」

有美が今日初めて笑顔を見せた。

「勉強頑張ってね。早く行かないと学校、遅れるよ」

手を振りながら大声を出すと、女子中学生たちも手を振って改札に向かって駆け出していく。有美は通りに向かって呼びかけ始めた。

「通勤の皆さん、気をつけて仕事に行ってください。あまり、働きすぎないように。身体が一番ですから」

「それはマズいです。必ず、事務所に電話がかかってきます。最初のフレーズだけにしてください。名前を忘れずに」

「川島有美です。よろしく、お願いします。川島有美です。皆様のご無事を願っています」

有美が居直ったように、連呼し始めた。谷村は有美を見ながらため息をついた。

「ヘンな人がいる」

帰り支度を始めたとき有美が言った。

谷村が有美の視線の先を見ると、男が立っている。大きめの迷彩服を着て、サングラスをかけている。いかにも胡散《うさん》臭い。右手にスマホを持ち、左手をポケットに入れてこちらを見ている。

「気をつけます。今度から岩淵も連れてきます」

「頼むわよ、私のボディガード。いざという時には私の盾になるんでしょ」

「任せてください」

口には出したが、冗談じゃない。妻と子どもはどうなる。


事務所に帰ると、スタッフが全員、岩淵のパソコンの前に集まっている。

有美と谷村に気づくと慌てて自分たちの席に戻っていった。

谷村はパソコンを覗き込んだ。ユーチューブの画面だ。腕だけが出て動画を説明している。

金髪の女性が若い男の頬にキスをしている。女性は明らかに有美だ。

〈私のタケルくん。イケメンでしょ。これからお持ち帰りしようかな〉

有美の声が入っている。呂律《ろれつ》が回らず、かなり酔っている。

「五年前になってます。コレって本当ですか」

「あったんでしょうね、映像があるんだから。コレ、渋谷の居酒屋かな。あのころ、モテモテだったから」

「覚えてないんですか」

「五年も前のことよ。あなた、そんな大昔のこと、覚えてるの」

覚えてます、という言葉を呑み込んだ。谷村にとっては、覚えていてもおかしくない。

「色々あったのよ、あのころ。でも、お持ち帰り、なんて言うだけ。部屋には、待っててくれるユウちゃんがいたから」

谷村は倒れそうになったが、かろうじてデスクの端をつかんで持ちこたえた。

濱口と県連、後援会の人たちは、有美の身体検査はしたのか。

身体検査とは、身元調査のことだ。過去の失言、スキャンダル、トラブルを調べ上げる。あとで問題が起こると、責任を問われる。大臣任命の時には必ず行われているはずだが、最近はミスが連発している。総理が任命責任を問われるが、いつもうやむやに忘れられる。

「ユウちゃんはチワワ。男を見たら嚙みつくの」

「問題はこの画像だけじゃないんです」

岩淵がマウスを動かしクリックした。

〈タケルくん、当時十九歳の大学生と判明。本名○○△△。現在は静岡県在住。千葉県小胁市に住む、次の衆議院選挙で千葉十二区から立候補予定の川島有美は、未成年者を誘い飲酒。なんとも華やかな令嬢である〉

最後に投稿者のテロップが入っている。

「倉本っていう奴のユーチューブです。これはヤバいですよ。配信界隈で有名です。めんどくさい男で。炎上目的で有名人を突撃して怒らせて閲覧数稼ぐみたいな。常習犯ですね。厄介なのに目つけられたっぽいです」

画面に顔を付けるようにして見ていた岩淵が言う。

話している間にも、閲覧数は増えていく。

「特に最近は政治家狙いが多いようです。他にも多数あって、裏では金銭がらみのモノもあるんじゃないかな」

「分かるように話してくれますか。私にも」

向井が言う。

「有美さんが倉本っていう悪質ユーチューバーに目をつけられたってことです」

「警察に届けたら」

「余計マズいでしょう、この時期に。内容が内容だから、火に油を注ぐようなものです」

濱口がため息混じりに言う。

「載ったのは仕方がない。会見をやるしかないか。今日中に段取りを組みます」

谷村は有美に向き直った。

「これ以上、ヤバイ話はないですか。よーく、思い出してください」

「ない、と思う。私、何年も前のことなんて覚えてない。一週間前のことも危ないのに」

「思い出したら言ってください。こうなる前に手を打てますから」

濱口は一度チラリとパソコンに目をやってから、会見の用意をしますと言って事務所を出ていった。

「辻立ちはどうするの」

「続けましょ。せっかく、立ち止まって聞いてくれる人も出てきたところです」

谷村が慰めるように言う。

翌日、谷村が運転して、昨日とは違う場所に行った。

市役所前に立って、有美はしゃべり始めた。

「行ってらっしゃーい。川島有美です。お元気で。気をつけて早く帰ってきてくださいー――」

突然、有美がハンドマイクを谷村に押し付けた。

信号が赤にもかかわらず、右手を挙げて横断歩道を横切っていく。車のホーンが響く。

「有美さん、どこに行くんです」

谷村はマイクを持ったまま有美の後を追おうとした。しかし、信号は赤だ。

「あんた、倉本でしょ」

有美の怒鳴り声が路上に響いた。

倉本がスマホを出して有美に向けている。

谷村は足踏みをしながら、二人の様子を見た。

「先週から、いつもここに立って私を見てたでしょ。あんた、私に恨みでもあるの」

「私は真実を告げる者です。真実以外は決して――」

「やめなさいよ。スマホで私を撮るのは」

有美がスマホをつかもうと腕を伸ばす。

有美さん、がまんだ。谷村は叫んだ。心の中で。

「暴力はいけません。衆議院候補、川島有美が私に殴りかかってきています。痛い、やめてください。これは暴行です。だれか警察を呼んでください」

倉本は大げさに声を出して、逃げ回り始めた。有美が詰め寄る。

谷村はハンドマイクを持ったまま、黄色信号で飛び出した。

突然、倉本が転んだ。左手で頭を抱え、右手で、スマホを持って有美と自分を撮ろうとしている。

倉本に迫ろうとした有美の身体を谷村が抱きかかえた。

「落ち着いてください。有美さんの気持ち、わかります。こんなクズを相手にするのはやめましょう」

谷村は耳元で囁いた。有美の力が抜けていく。

通行人が立ち止まって、三人の立ち回りを見ている。

「申し訳ありません。何でもありません。どうか、みなさんも気を付けて会社、学校に行ってください」

谷村は立ち止まって驚いた顔で見ている通行人に、持っていたハンドマイクで呼びかけている。

倉本は立ち上がると、交差点を渡って逃げていった。

「あの人、ケガしてないかしら。派手に転んだから」

「わざとですよ。すごいスピードで逃げていきました。有美さんが殴りかかってくるのを狙ったのでしょ」

「私は蹴飛ばすつもりだった」

「他に誰かいるのかもしれません。協力者が動画を撮ってるのかも」

谷村は辺りを見回した。


谷村が有美を連れて事務所に帰ると、案の定、岩淵のパソコンの前にスタッフが集まっていた。

有美はスタッフをかき分けて、前に出た。

〈早朝の大立ち回り。今朝、午前六時すぎ、駅前の交差点で女性がスマホ撮影をしていた男性ともみあいになりました。女性は、引退を表明している川島昌平衆議院議員の一人娘、川島有美氏、四十五歳。彼女は、次期衆議院選挙で川島氏の後継者として立候補を表明しています。先日起きた失言騒動に加えて、未成年者との飲酒疑惑に今回の暴力事件。批判の声が広がっています〉

「本当に蹴ったんですか。相手は派手に倒れてます」

「蹴りそこなったの。でも、たしかに蹴ったようにも見える、微妙なアングルね。この映像はあいつが撮ったんじゃない。谷村くんが言うとおり、他にも仲間がいたね。私、こういうの絶対に許せない」

「また何かあったのか」

　振り向くと濱口が立っていた。

　有美が横に退《よ》けると、岩淵がユーチューブをもう一度再生する。

「会見しかないな。今度は本人だ。こういう時こそ、泣いてもらいますよ」

　驚いたことに、有美が素直に頷いている。


　会見は早い方がいいということで、その日の午後にセットされた。

場所は事務所から徒歩十分のホテルの会議室。

「当選してて議員になってからだと、テレビが押し寄せて全国放映です。もうアウトです。次は辞任会見です。まだ有美さんは当選前、議員じゃなくて議員候補なんで、せいぜい地元のケーブルテレビ。謝罪会見で済むんです。心していてください」

谷村は真剣に話しているが、有美が聞いているのかどうかも分からない。

「原稿通りに落ち着いて、余計なことは言わずに、質問に関しては打ち合わせの通りに」

有美はブツブツ言いながら、原稿と鏡を繰り返し見ている。一見集中しているようにも見える。

「いったい、何をやってるんだ。この選挙前に」

宮本以下、数人の後援会の面々が入ってくる。谷村は頭を下げた。

「あ、宮本さんこのたびは」

「テレビで暴力沙汰が流れたなんて大ごとじゃないか。反省してるのと違うのか」

「テレビじゃないですよ。ユーチューブ。見られるのはスマホかパソコンだけです」

「どっちでもいい。こんなんじゃ、通るものも通らんでしょ」

「あんたたち、ちょっと静かにしてくれる。そんなに騒がれたら、覚えきれないじゃないの」

「すみません僕が——」

有美が原稿から顔を上げて大声を出した。

「そういう言い方はないだろう。我々はあんたのことを心配してやってきたんだ」

「だったら、そんな言い方ないでしょ。ユーチューバーが悪いんだから」

「あんたの脇が甘いから、こんな目にあうんだろ。あんたがもっと慎重に、常識的に生きてきたら、つけ込まれないだろ」

「あんた、あんたって、気安く呼ばないでよ。私の生き方にまでケチを付けようと言うの」

「あんたのことを昌平に頼まれたから、私らは——」

「私はあんたらに、世話してくれなんて一言も言ってないから」

「それは駄目だろ、有美さん。それを言っちゃあ、おしまいだよ」

宮本が表情を引き締め、真顔で言った。

「どうぞ、おしまいにしてちょうだい。私は忙しいの。コレを覚えなきゃならないんだから」

　有美は原稿を宮本の前でヒラヒラさせた。

「あんた、今なに言った」

「有美さんそれはだめです」

　谷村は割って入った。これはまずい。

　宮本が谷村を押しのけて、有美の前に出た。

　有美は知らん顔をして原稿に目を向けている。いつの間につけたのか、耳にはイヤホンをしていて、音楽が漏れ出ている。

「もういい。そういうことなら、そうなんだな」

「いや、ちょっと待ってください。有美さんも言いすぎです」

「そちらの人が必要ないと言ってらっしゃるようですから。行きましょうか、みなさん。谷村くん、私ら後援会から引き上げますんで」

　宮本たちは出ていった。

　待ってください、と谷村は懇願しながら追いかける。

「時間ですよ。記者の方たちがお集まりです」

ホテルの係の者が呼びに来た。

パソコンに有美が謝罪会見を開いている様子が流れている。

有美は伏し目がちだが、想定問答集の通りに答えている。

「あの人も、言って聞かせりゃ何とかなるんだな。しかしな――」

濱口が谷村に向き直った。

「最悪じゃないか。なにやってるんだ。後援会を引き上げるとか、聞いたことないよ。事前に説明したり、止めるとか、防ぐ余地があったでしょう」

「しかし、有美さんが暴走して――」

その時、地方議員の池田、森下、石橋、浜田たちが入ってきた。全員、かなり深刻な顔をしている。

「ちょっとどういうことだよ、あんたら秘書が、あのバカをちゃんと操縦しないと。うまくいくものもいかんでしょうが」

「申し訳ない」

濱口が頭を下げた。

「こっちの段取りをおまえらが崩してどうすんだよ。それくらいの仕事はしろよ」

池田がそばのデスクの足を力任せに蹴った。

岩淵の身体がビクッと飛び上がった。スタッフ全員が秘書たちの方を盗み見ている。

ドアが勢いよく開いて、田中が入ってきた。

「有美さん、しっかり謝ってたじゃない。谷村くんの教育がいいからかな」

田中の動きが止まった。池田たちの表情を見て、慌てて出ていった。

3

その日の夕方、事務所の応接のソファーで谷村と有美が向かい合って座っていた。

各自の席で仕事をしている秘書たちが、聞き耳を立てているのが痛いほど感じられる。

「私、何か気に障ることをしたかしら」

有美が平然と言うが、谷村は答えない。

「チョコレートある」

谷村はカバンから出したチョコレートを無言で渡した。

「ありがと。で、なにかな。言いたいことがあるんでしょ」

やはり、谷村は無言のままだ。

この状態がすでに十分以上も続いている。

「私、こういうの嫌いなの。ネチネチ、ネチネチ。男なら言いたいことがあれば言いなさいよ」

有美がヒステリックに叫んだ。部屋中の意識が集中するのが分かる。

谷村がやっと顔を上げて有美を見た。有美がわずかに視線を外した。

「今の状況は最悪なんです。このままだと、選挙に大いに影響が出るんです」

「だから、どうしろって言うの。ハッキリしなさいよ」

有美の声だけが事務所内に響いている。

「この状況を打開するためには、私たちと有美さんが、もう少しお互いの思いを共有する、意思疎通が重要だと思うんです」

「私だってそう思う。だから、私に何をしてほしいの。私はそれが知りたいの」

谷村はかすかにため息をついた。

「まずは我々の思い、要望を伝えさせてください。つまり、有美さんの問題点です」

「素晴らしい。それはすごく大事。私も働いてた時にやってたの、社員のみんなを集めて。お互いの改善点を話し合うのよね。いいじゃない。気になることがあったらなんでも言って」

有美は姿勢を正して谷村に向き直った。

「ありがとうございます」

「大人だから、冷静にやりましょう。小宮さん、コーヒーもらえます」

はいと答えて、小宮が席を立った。

「周りの先生方から、指摘があったり、秘書同士でも話したんですが、有美さんに足りないのは危機感ではないかと思います。このままトラブルが続くと、さすがに当選が疑わしくなってきます。一つ一つの行動が当選につながると心がけること。川島昌平の後継者として、自覚を持っていただきたいんです」

「わかりました。私には自覚が不足してるのね」

「もう一つ。もっと勉強をしていただきたいです。いろんな議題に真摯に対応していただいているのは、わかります。我々の伝え方の問題もあるかと思います。しかし今の状態は、知ってる振りが見え見えなんです。ちょっと突っ込まれればボロが出る。これではマスコミは騙せません」

「はい。全然大丈夫。今後気をつけます」

小宮がコーヒーをテーブルの上に置いた。

「アイスにしてくださーい、いつもそうでーす」

歌うように言うが、露骨に怒りを押し込めた表情だ。

「それくらいですかね。あ、もう少しいいですか」

「どうぞどうぞ。この際だから気を使わないで」

谷村はスマホのメモ機能を出した。

「遅刻が最近多いので、気をつけていただければ。やはり、印象がよくないので」

「書き留めているんだ。さすが、秘書さん。そんなのがあるんですね」

「やる気があるのはいいが、やり方を履き違えている。大人なんだから、子どもみたいなこと言わないでほしいという声もあります」

谷村は有美を見た。笑顔のままなので安心して続けた。

「相槌《あいづち》が適当なので、話を聞いてないのがバレバレ。笑い声が大きいので、バカに見える。まいったな」

小宮がアイスコーヒーをテーブルに置いた。手がわずかに震えている。

「ミルク」

有美が冷たく言い放つ。小宮の身体が、ビクンと揺れた。

「あと、特保のコーラ飲みすぎ、化粧が濃すぎる、口紅が真っ赤で血に見える。あのネイル何とかならないか、どうやって尻を拭くんだ」

谷村はスマホに目を落としながら、続けた。

「議員の名前を間違って覚えてる。記憶力、ニワトリか。七度も名刺を渡された。今さら初めまして、はないだろう――」

谷村が顔を上げると有美の表情が変わっている。

ミルクです、と小宮が小瓶に入ったミルクをテーブルに置いた。

「このミルクじゃないでしょ。いつものミルクがあるでしょ。あんたたち、こうして私に嫌がらせをしてる。私は必死なのよ。父の頼みを聞いて、あんたたちに従って。私を殺そうとしてるんでしょ。それとも、私に死んでほしいの。いつでも、死んであげるわよ。呪いの遺書を残してね」

有美は立ち上がった。その時、手が触れてアイスコーヒーのグラスが倒れ、スカートを濡らすが、構わず事務所を出ていった。

翌日の朝、谷村は時間通りに、有美の家に迎えに行った。時計を見ていると、六時ちょうどに門が開き、有美が出てきた。昨日のことは忘れたように、スッキリした顔をしている。

「今日の予定は公民館でのスピーチです。聴衆は約百人。年齢層は三十から五、六十歳以上です。原稿は後部シートに置いています」

バックミラーを見ると有美は目を閉じている。考え事をしているのか。昨日の話が効いたのかと思っていると、いびきが聞こえてくる。谷村は軽いため息をついて、車を出した。

公民館には濱口が待っていた。谷村を見て首を横に振った。

「どんなに困難な状況でも私は乗り越えていける、そう信じてます。私にはあなた方が付いています。私が置かれている状況は、苦しいものなのかもしれません。どうか力を貸してください。どうか、一緒に乗り越えていきましょう」

　有美が三十分の演説を終えた。

　拍手がパラパラと聞こえる。百脚並んだイスに座っているのは二十名ほどだ。それも、急遽集められたスタッフとその家族、関係者だ。

「百人じゃなかった。これじゃ、イスの数が百ってことじゃない。私にイスに向かって話せって言うつもり」

　車に乗り込むなり、有美が言う。


　美容院に行くと言う有美を途中で下ろして、谷村は事務所に戻った。

　秘書たちが会議室に集まっていた。全員が深刻な顔をしている。

　最初に口を開いたのは向井だった。向井は祖父母と親戚を何人か動員してきていた。

「これって、マズくないですか」

「マズいに決まってる。こないだの集会も、来た人よりスタッフと関係者の人数の方が多かったです」

　岩淵の言葉に、田中が答える。

「谷村くんが、もう少し有美さんと後援会への根回しをうまくやってればよかったんだけどね。あれじゃ、ケンカを売ってるようなもんだ」

濱口が皮肉のように言うが、谷村には返す言葉がなかった。

「責任追及してる場合じゃないでしょう。今は全員、力を合わせて乗り越えないと。うちの足並みが揃ってないのがバレてしまう」

田中がかなり深刻そうな顔をして、言った。

「もう小脇市中に知れ渡ってますよ。バカ娘に振り回されてるって」

「後援会とやり合うなんて、やっぱりマズいですよ。後援会あっての代議士ですから」

岩淵が珍しく正論を述べている。

「いくら老害でも、人を連れてきますからね。やっぱり宮本さんたちには、戻ってもらわないと。なにかいい手がありますかね」

谷村は濱口に視線を向けた。

「有美さんに詫びを入れてもらうしかないだろう。しかし、それが一番難しい」

ノックとともに、小宮が入ってきた。

「有美さんが死ぬ、とおっしゃってるんですが」

「あのバカ娘、どこにいるんだ」

「屋上です」

秘書たちが一斉に立ち上がった。

第三章　心変わり

1

谷村たちは小宮に連れられて、事務所のビルの前に出た。

通りには数人の人が集まって、屋上を見上げている。

見ると、有美が立っていた。

「何してるんだ、あのバカ」

濱口が吐き捨てるように言う。

「危ないですよ。早く、降りてきてください」

谷村が怒鳴った。

「あなたたちの私に対する侮辱への抗議です。なんで、私ばかりが責められるのよ」

「なに言ってるんだ、あのバカ」

そう言いながらも、濱口の顔は強ばっている。

谷村はなぜか冷静だった。屋上に立つ有美の姿が、いつもとは違って見えたのだ。

「いいですか。日本の政治は終わってる、誰も興味がない、それはなぜなのかわかりますか。それは私たちが原因なんです」

突然、有美が叫び始めた。

「これが普通だから、これまでこうやってやってきたんだから。そうやって何も考えずにやってきた結果が今の日本の政治の状況なんです。誰も魅力を感じない。若者も政治に期待しない。多くの政治家は当選するのが目的。一度、当選すれば、その維持のために必死になる」

「なにを叫んでいるんだ。あのバカ」

「日本の政治の批判です。最後まで聞きましょうよ」

谷村は濱口に言った。有美がさらに続ける。

「その間に、国民の生活は逼迫《ひっぱく》する一方。大切なのは、国民に自分たちも政治に参加しているんだという、自覚です。そのためには、まず私たちから変わらないといけないんです」

表情はよく見えないが、有美の思いつめた感情は伝わってくる。

「前から思ってたんですけど、有美さんって政治家に向いてるんじゃない。迫力あるし、いつも本音だし。怖いものなし、今時珍しいです。本音で話して本音で生きてる人って」

岩淵が有美を見ながら呟いている。

「久し振りですね。候補者からああいう正論を聞いたの。しかも、口先だけじゃなくて本気らしい」

田中も腕組みして、聞き入っている。たしかに屋上から絶叫する有美の姿は神々しいとは言わないまでも、迫力満点だった。日本のジャンヌ・ダルク。SNSの書き込みを思い出した。

「改善を要求します。対応が変わらないのなら、私はやめてやるから」

有美の宣言を聞きながら、秘書たちは囁く。

「だからって、屋上行かなくても」

「よくいるよね。ああいう、吐き出し方しかできない人。大事に育てられてきたんでしょうね」

「でもこれ、飛び降りでもしたら――死ぬには高さが足りないか。いや、打ちどころが悪ければ一メートルでも死ぬって言うし」

「ここから飛び降りようとする人、たまにいるんだよね。なんなんだろうね」

濱口が急にノンビリした口調になった。

「昔、ここは斬首場だったりして。その時の魂が――いや、冗談です」

岩淵が一人で楽しんでいる。

「まあ、いきなりこんな世界は大変かもだな。谷村がこの前言いすぎたし」

「僕のせいですか。だから何とかしろと」

「早く落とせよ。人目があるだろ。こっちは何とかするし」

「わかりましたよ」

谷村は事務所に入っていく。

「向井さん、用意が出来るまで引き留めていてください。お願いしますよ」

濱口は言い残すと、岩淵と田中を連れて事務所の裏の倉庫に向かった。

谷村は屋上に上がった。

初めて上がったのは何年前だろう。その時は下を見ると足が震えたが、今は慣れっこになっている。

有美は駐車場に面した側の端に立っていた。

やはり早めに柵を付けた方がいいと思いながら、有美に近づいていった。

「近づかないで。飛び降りるわよ。私は本気です」

「ですが、政治家になるのはそういうことなのです」

谷村は立ち止まった。

「あなた、何を言ってるの。そういうことって、どういうことよ」

「いま、有美さんがやってることです」

「私はここから飛び降りようとしてるのよ」

「だから、飛び降りて、一度死んでください。生まれ変わることができるかもしれません」

「ふざけないで。わかりました。ここから飛び降ります、止めても無駄。死にます。政治の世界の犠牲者ですよ。あなたたちにいびられ、イジメられて死ぬんです」

「ちょっと待ってください。もう少し、私に言わせてください」

谷村は時計を見た。十分経過。

「有美さんは恵まれている。地位も名誉も、財力もある両親に育てられ、自由に育ってきた。政治家になるチャンスが目の前にある。このチャンスを生かせば、有美さんが望む世界が来るかもしれない。政治家になったら、新しい日本を作り、恵まれない人のために尽くす。素晴らしいことだと思いませんか。有美さんはそれができる人です」

「なに言ってる。それを邪魔してるのはあなたたちじゃない」

スマホから着信音が鳴った。メッセージが入っている。ＯＫの絵文字を確認して、スマホをポケットにしまった。

「わかりました。ではどうぞ。いつでも飛んでください」

「ウソだと思ってるんでしょ」

「そんなことないです。ただし、もう少し左に寄った方がいいです。そこだと、下に鉄柵があります。グサッです。串刺しになると、血が出て痛いです——死んでしまう」

「私は本気でここから——」

「わかりました。手伝いましょう」

谷村は有美に近づいていった。

有美の肩をつかんでコンクリートの欠けているところまで押した。

「やめてよ、私を殺すつもり」

「行きますよ」

谷村が大声を上げると同時に有美の身体は落下していく。

下を覗くと、エアマットの上に有美が倒れ、濱口たちが覗き込んでいる。

谷村も目を閉じてマットに向かって飛び降りた。


「さあ、さっさと片づけて。また、新聞沙汰になる」

濱口の声で、秘書たちはエアマットを片づけ始めた。谷村は放心状態で立っている有美を事務所に連れて入った。

「四年ほど前に一人飛び降りたんです。隣町の女子高生。なんで、わざわざうちの事務所の屋上から飛んだのか、いまだに不明です。そんなことがあったんで、昌平先生の指示でエアマットを裏の倉庫に準備して、毎年一度自殺防止訓練をやってます。自殺志願者発見から十分以内にエアマットを膨らませて、所定の位置に設置する。説得できない場合は、マークのある位置から突き落とす。うちのスタッフは全員、飛び降りの経験者です」

谷村は姿勢を正すと、有美に向かって深々と頭を下げた。

「申し訳ございません。でも今さら立候補をやめるのは無理なんです」

「私の勝手でしょ」

有美は震えるような声を出した。

「有美さんは、選挙をやめたら、先生に出資してもらったネイルサロンの社長にまた戻ればいい。でも、我々秘書は違います。自分の議員が落選したら、我々は失業者になります」

「しょうがないじゃない。あなたたちがそういう職業を選んだのだから」

「それにもう一つ。お父さんのためです」

有美が谷村を見つめた。

「お父さんの思いも察してあげてください。お父さんは、あなたにあとを継いでほしいと願っていました。でも、今まで言い出せませんでした。有美さんの人生を大事にしてきたからです。自分の思いを押し付けたくない。今回、脳梗塞で倒れられた。それで、やっと願いが叶いそうになった。その思いを踏みにじるのは可哀そうだとは思いませんか」

有美は無言だ。

「昌平先生が今までしてきたこと、それをあなたに託しているのです。ここで途絶えさせていいんですか。有美さんがお父さんを大切に思ってることは、我々にも痛いほど伝わってます。我々も、有美さんに対して配慮が欠けていた部分があったかもしれません」

ドアが開き濱口の顔が見えた。谷村が目くばせすると、ドアは閉まった。

「我々も反省しています。選挙が初めての方に対して、ああやれ、こうやれと言うだけで、配慮が足りませんでした。考え直して、一緒に頑張ってください。スタッフ一同の願いです」

谷村は直角に腰を折って頭を下げた。

「わかった」

やっと聞き取れることができるほどの小さな声が返ってくる。

「あそこから飛び降りた有美さんです。できないことはありません」

谷村は半分は本気で言った。

奥の部屋に有美を連れていった。そっと振り向くと濱口が入ってくる。

2

「それはできない」

有美が顔を上げ、二人に視線を向けて言い切った。

谷村と濱口、有美はテーブルをはさんで向き合って座っていた。

「いやです。それだけは絶対にいやだ」

有美が叫ぶような声を出した。

「有美さんは勇気のある女性だ。あそこから飛び降りました。私も飛びましたが、初めてのときは足が震えて飛び降りるまでに二時間かかりました。でも、有美さんは十分と少しだ。我々は感心してるんです」

「なに言ってる。あなたに突き落とされたんじゃない」

「どうであれ、一度死んだんです。生まれ変わってください」

谷村と濱口はテーブルに頭を擦《こす》り付けた。

「なんで私が謝る必要があるのよ」

「理屈じゃないんです。儀式なんです。最近の集会の集まりが悪いのは、有美さんもご存知ですよね」

「後援会と何の関係があるのよ」

「宮本さんたちが動員をかけないからです。彼らは、今までお父さんを応援してくれてきた人たちです。お父さんの友達でもあります。選挙も助けてくれます。彼らの一声で、かなりの票が動きます。当落を左右する数です」

濱口はテーブルに新聞を広げた。

「あれだけまとまらないと言われてた野党の統一候補が決まりました。おまけに、西川先生もどんどん支持を伸ばしてます」

〈千葉十二区、混戦必至か〉新聞の見出しは濱口の指摘通りだ。

「これなら勝てる、と思ってどんどん対立候補の勢いが増しているんです」

「あなたたち、私なら絶対に勝てるって」

「後援会の人たちが応援してくれて、有美さんが我々の指示通りに動いてくれたらということです」

「必死でリハビリに励んでいる、お父さんのためです、我慢してください」

濱口に続いて、谷村がダメ押しのように言う。

「絶対にいやだ」

有美は言い切った。

濱口が大げさにため息をついた。


翌日の夜、駅前の蕎麦屋に谷村と田中は有美を連れていった。

有美がいやだと言い張っていたが、一日かけて説得したのだ。折衷案として、有美は黙って頭を下げる。田中と谷村が後援会に話をつける。だがやはり、殺し文句は「昌平先生、お父さんのために」だった。

「宮本さんたち後援会の人はすでに来ています。有美さんと一緒だとは言ってません。有美さんは一言もしゃべらず、ただ頭を下げている。頭を下げるのがいやだったら、下を向いていると思ってください。畳の目でも数えててください。何を言われても、お父さんのため。心の中で言い続けて」

車の中で繰り返した言葉を谷村が念を押すように言った。

部屋からは笑い声が聞こえてくる。

部屋に入ると、上座に宮本、富田、高松、と座っていた。彼らの反対側に濱口が座って相手をしている。

一瞬、部屋から音が消えた。

「こんな話、聞いてなかったぞ」

宮本が有美から濱口に視線を移した。

「昌平先生のたっての頼みです。娘を助けてやってほしい。我々は四十年以上一緒に戦ってきた。この先も、一緒に戦ってくれないか。私の最後の頼みだ。昌平先生はぜひ、この言葉を皆様方に伝えてほしいと。もちろん、有美さんにもです」

宮本たちは顔を見合わせている。

「当の有美さんはどうなんだ。有美さんの言葉を聞かせてもらわなきゃ、我々も納得できない」

有美は黙ったままだ。

「有美さんも疲れていて、気持ちの整理もできていません。今日のところは――」

突然、有美が谷村を押しのけ部屋を出ていく。

谷村は慌てて後を追った。階段の所で有美をつかまえた。

「やっぱりダメ。どうしてもあの顔は好きになれない」

「どの顔ですか」

「全員よ。私は年とってるだけで尊敬されると勘違いしてる、言いたい放題の老人が大嫌いなの」

「気の持ちようです。いやだいやだと思えば、どんなモノでも嫌いになります。その逆もあります」

「禅問答のようなこと言わないで」

「人間の素直な気持ちです。彼らだって本音は有美さんを応援したいんです」

有美が顔を上げた。

「嘘でしょ、子どもでも分かる」

「本当です。有美さんに通ってもらわないと困るんです。有美さんに代議士になってもらわないと」

「やっぱり、わからない」

「いまは、わからなくていいんです。なぜだ、とも聞かないでください。私を信じてください」

谷村はしゃべりながら、ひたすら自分の言葉を信じた。

有美を当選させたい。代議士にしたいと心底思ったのだ。こんな気持ちになったのは、久しぶりだ。

「彼らは昌平先生の高校時代からの友達です。野球部の同期、先輩や後輩。宮本さんはキャッチャー、昌平先生はピッチャーでした。先生の暴投を宮本さんが処理する。有美さんが生まれたときも、お祝いしてくれました。有美さんは彼らに抱っこされたこともあるんです」

「やめて、気持ち悪い」

「宮本さんは、有美さんにオシッコをかけられたことがあると、嬉しそうに言っていました」

変態だと言って、有美が顔をしかめた。

「赤ちゃんの時です。抱っこした時に泣き出してジャー」

「死んでもいや」

「お父さんの友達と話してると思ってください。年寄りです。どうせ、長くはありません。少しは優しくしておこう。そう念じて戻ってください。これは、お父さんの願いでもあるのです」

有美の表情がわずかにやわらぐ。谷村は有美の腕をつかんで部屋の方に歩いた。有美は素直に従った。

有美は宮本たちの前に正座した。

「どうもすいませんでした」

有美が消えるような声で言った。

宮本たちは顔を見合わせ、慌てて座り直している。

「有美ちゃんも顔を上げて。我々も、言いすぎたところもあるかもしれない」

「しょうがないな、昌平のためにも、いっちょ頑張りますか」

部屋の中に笑い声が上がった。

3

日曜日、商店街組合主催のボーリング大会が行われていた。

小脇商店街の店主たちの懇親会だ。男女がペアを組んで、点数を競う。

「私、ボーリングなんてしたことない。あんなの、ただボール転がすだけじゃない。ゴルフだったら行ってもいいけど」

「同じでしょ。球を転がすだけです。大きさと色が違うだけです。これは、選挙運動の一環と考えてください。商店街で顔を売る」

谷村は選挙運動の一環と繰り返し、説き伏せた。

県連に顔を出すと言う濱口と向井をのぞいて、谷村、有美、田中、岩淵が出席した。有美と谷村、田中と岩淵がペアを組んで、町内会の試合に出場した。

「谷村くん、ボーリング得意なの」

「ゴルフほどお金がかかりませんからね」

「嫌味、それともひがみなの」

「両方ですよ」

やってみると意外と面白いらしく、有美は文句も言わず谷村の言葉に従っている。先に有美が投げて、次に谷村が投げる。有美のしでかしたトラブルの後始末をしているようで、心なしか緊張した。それでも思いのほかうまくいって、総合で五位に入った。賞品は米五キロだ。

「お土産ができたね。お子さん、喜ぶんじゃない」

米をもらって喜ぶ子どもがいるわけないと思ったが、妻は確実にうれしいだろう。

三つ離れたレーンでは、中年のカップルが有美たちを見ている。

「西川さんだ。今度の選挙で有美さんのライバルです。夫婦でボーリングに来ている」

「似合いのカップルじゃないの。美男美女で。彼が父に負けたとは信じられない」

昌平の体つきは、西川とは正反対だ。

「有権者は顔や体格で投票するんじゃないですから」

「それウソ。学校の生徒会の会長は必ずカッコよかったもの。勉強もできたし」

「有美さんは出なかったんですか。出そうな気がするけど」

「私は選挙は嫌いなの」

妙に現実味を帯びた言い方なので、それ以上は聞かなかった。

西川が有美たちの方にやってくる。

「試合しましょうか」

西川が提案してきた。

奥さんの方は会釈をしている。確かに美人だ。

「やろうか、谷村くん。今度の選挙戦を占う上でも」

谷村は慌てたが、態度には出さなかった。

「やめときましょ。私は疲れました。久し振りに運動したので。それに、そろそろ帰らなきゃなりません。有美さん、講演の打ち合わせがあります」

有美の回答を待たず、帰り支度を始めた。

「谷村くん、何で試合やらなかったの。西川さんたち十二位よ。私たちの方が勝ってたじゃないの」

帰りの車の中で有美が聞いてきた。

「選挙ではライバルです。勝っても負けてもいい気持ちはしないでしょ。相手のことを考えましょうよ」

「谷村くん、ずいぶん焦ってた。それに、奥さんの方をチラチラ見てた」

谷村はしばらく黙って車を運転していたが話し始めた。

「奥さん、大学でボーリング部だったと聞いてます」

「それで十二位なの」

「身体が丈夫でないんです。今日だって、かなり無理して出てきてるはずです。町内会に西川さんの顔を売る絶好のチャンスですから」

恐らく、わざと負けたのだろう。口には出さなかった。有美もそれ以上は聞いてこない。

「選挙って、色々あるのね」

「本当に色々ありますよ。驚くことだらけです」

裏も表もという言葉を付けようかと思ったが言わなかった。いずれ、多くを経験するだろう。

有美の家が見え始めた。車のスピードを心もち落とした。

翌日、谷村は有美と向井を車に乗せて、昌平が入院している病院に行った。

昌平の容体は安定していて、リハビリも順調に進んでいる。すでに次の選挙には有美が出るということは話してある。昌平が何か言おうと口を動かし始めたが、あきらめた。

ただ、頷いただけだった。自分が思うようにしゃべれないことは自覚している。しかし、ホッとしたことは事実だと思う。選挙に有美が出ると聞いた翌日からは食事が進むようになり、三食ほぼ完食している。顔色もよくなっている。

有美が報告する。

「今のところ順調にいってる。後援会の人とトラブったけど、今は関係修復。集会や講演会も九割がた埋まるようになった。高校時代、野球部で宮本さんとバッテリー組んでたって本当なの。お父さんがピッチャーだったんだってね。信じられない。お父さんが、野球見てるの見たことがない」

「野球は選挙と同じだ。見るモノじゃなくて、やるものだ。俺にとってはな。俺の書斎にアルバムがある」

昌平はゆっくりとしゃべった。有美も忍耐強く聞いている。

「今度見てみる。でも、入ってもいいの」

「いずれ、おまえの書斎だ」

昌平はいつもの数倍は時間をかけて話す。心の中ではかなり焦っているのだろう。時折り、もどかしそうに顔をしかめるのに谷村は気づいている。

谷村は有美と昌平が話しているのを見て、廊下に出た。

「医者に会いに行くんでしょう」

あとを追うように出てきた向井が言う。

「今、診察室にいるようです」

二人で診察室に行った。

「今後の見通しについてお話し願えませんか」

「リハビリはうまく進んでいます。話はできるでしょう」

医師はパソコンの脳の画像を指しながら説明した。

「なんとか話せるようにはなってるけど、軽い運動まではちょっと時間がかかりそうかな」

「軽い運動というと――」

「食事は自分でできています。次はトイレにも自力で行くことができるということです」

「その後は」

「努力しだいです」

二人は昌平の病室に戻った。

病室から有美の笑い声が聞こえてくる。

4

十一月二十日、衆議院の国会冒頭。

事務所のスタッフ全員がテレビを凝視していた。谷村は膝に置いた両こぶしを握り締める。何度見ていても全身に力の入る瞬間だ。

「衆議院を解散する」

衆議院議長の声が本会議場に響いた。議員たちが立ち上がり、一斉に万歳を三唱する。見慣れた光景だが、いつも違和感を覚える。この瞬間に、議員全員が失職する。同時に秘書たちの身分も宙ぶらりんになる。なにが、バンザイなのだ。

衆議院を解散した場合、解散日から四十日以内に総選挙を行い、新しい議員が決まる。当然、落選してプータローになる議員も多い。

議員定数は四百六十五人。二百八十九人が選挙区から選出、百七十六人が比例代表選出となる。全員がゼロからの出発なのだ。

　議員たちはそれぞれ、自分の選挙区に帰っていった。

　川島有美事務所もその瞬間から選挙モードに入っていった。

「たった今から、本格的に選挙戦開始だ。来週には選挙日程が決まる。それまでにできることはすべてやる」

　濱口が大声で言うと、有美が立ち上がった。

「なんだかちょっと、ワクワクする。私は何をすればいいの」

「イスに座って、ゲームでもしててください。濱口さんは、選挙のプロですから」

　谷村が答える。濱口からの指示は、邪魔をさせないように有美を見張っていろだ。

　前回は昌平はほとんど地元にはいなかった。東京の党本部に詰めて、選挙戦の指揮をしていたのだ。地元に帰るのは、選挙期間の十二日のうち数日だった。ほとんど、濱口が仕切っていた。

「選挙事務所はいつも通り、この事務所と隣の事務所を使わせてもらいます。本部はこっちです。我々はここに詰めて、指示を出します。選挙カー、運転手、ウグイス嬢、アルバイトについては、後援者の方たちが手配してくれています」

谷村は有美に説明した。説明中もスマホにはひっきりなしにメールの着信音や、電話が鳴っている。

有美がただ頷きながら聞いている。


午後になって、谷村は有美を迎えに行った。

有美は谷村の指示通り、イスに座ってスマホでゲームをしていた。

「これから写真を撮りに行きます。選挙のポスター用なので、根性を入れてください」

「根性を入れるとどうなるの。きれいになるとでも言うの。だったら女性は三百六十五日、二十四時間、根性を入れてる」

「スタイリストとメークさんを付けます。有美さんは黙って従ってください。彼らはプロです。普通の写真とは違います。選挙用の写真というものがありますから。まずは美容院です」

「今のままじゃダメなの」

「髪は黒か、せいぜい黒に近い茶、メークは控えめです。爪はもう少し短く。マニキュアは色違いはやめてください。透明で目立たないもの。服装は清潔さと清々しさを基調にします。ピンクはちょっと。有美さん、ピンクがだんだん濃くなっています。靴は何でもいいです。写りませんから。問題はメークです」

谷村は一歩下がって、有美を眺めた。

「なにも言わず、プロに任せましょう」

有無を言わせぬ言い方だった。

選挙公示日十二月三日。投票日、十二月十五日と決まった。

投票日はクリスマスの十日前の日曜日だ。

立候補の届出ができるのは、選挙公示日の午前八時半から午後五時までの一日のみだ。

選挙運動は立候補者の届出が受理されたときから、投票日前日の午後十一時五十九分までの十二日間。ただし街頭演説や車上の連呼行為は、午前八時から午後八時の間でなければならない。

「川島有美選挙事務所」と書かれた看板が、掲げられたが、すぐに白い布で隠された。公示日に立候補届出が受理されるまでは公にはできない。

「もう選挙戦は始まっています。スタッフ一同、言動には注意してください。皆さんの一挙手一投足が、全国民に見られているのです。特に、有美さんは心しておいてください」

谷村はスタッフを前に噛んで含めるように言った。

「アルバイトのスタッフは二十人で間違いないね。最近の子は平気で休むから。それに、最小限のマナーは徹底させといてね。遅刻はしない。ゴミを出さない。タバコは吸わない。トイレに行くときは、断っていく。人と話すときはガムを噛まない。いつもニコニコ、笑顔を絶やさない。それに、アルバイト同士の恋愛はご法度だからね。どこで、誰が見てるかわからないから。新聞沙汰になったりしたら、アウトだからね。たかが十二日間の我慢。あとは、何やってもいいから」

有美がガムを噛みながら聞いていたが、濱口に睨まれて飲み込んでいる。

半分以上は、有美に言っているようなものだ。

決戦日は十二月十五日の日曜日。いよいよ、選挙戦が始まったのだ。

岩淵が電話で怒鳴るような声を出している。

「車の運転手には頭に叩き込んでおくように言ってよ。信号、横断歩道では必ず止まる。横断歩道で止まらなかった車がスマホでナンバーを撮られて、ネットにさらされたりしたら、これもアウト。なんでもスマホでパチリの時代だから、言い訳は通じないからね」

谷村はスタッフたちに繰り返した。

「選挙カーのルートは、小学校、大型の病院、老人施設はできるだけ外すこと。かえって、逆効果になるからね。あんな無神経な奴に入れるもんかって。減るのは一票じゃないよ。家族、親戚、ご近所、友達を含めると下手すると数十票は減ると考えること。分かったね」

谷村は話した。

「選挙カーに乗る遊説スタッフは、できるだけ、それぞれの生活圏の地域を担当してね。家族、地域住民、演説会には必ず動員をかけるんだよ。たとえ一票差でも、少ない方が落ちるんだ。天国と地獄は隣り合わせてる。心してやってくださいよ」

スタッフたちにも次第に緊張感が現れてきた。

町には早くもクリスマスソングが流れ、クリスマスツリーの飾りつけをする店も出ている。


十一月の末、選挙準備の合間に、谷村は濱口に連れられて、建設会社に来ていた。

有美は岩淵と個人の家を回っている。

「また政治資金ですか。おたく、今年は五度目だろ。パーティー券は三度。パーティーは、バイキングと言ってもカレーばかりだし。あれじゃ、かなり浮いてるんじゃないの」

社長は濱口と谷村を前に嫌味たっぷりに言う。

「お願いしますよ。来月は選挙でしょう。もう事務所もかつかつで。うちの先生、資金集めが下手だから」

濱口は揉《も》み手をしそうな勢いで迫っている。事務所とは違う顔だ。

「その分、秘書が上手いから差し引きゼロだ」

社長は引き出しから封筒を出して濱口に渡した。

「いつも通り二十万、それ以上は勘弁してくださいよ。しっかり帳簿には付けといてよ。うちが渡したのは、あくまで政治資金だからね」

「今日はこいつを紹介しておこうと。谷村です。私が来られないときには、こいつに頼むことになります。よろしくお願いします」

谷村は濱口に促されて頭を下げた。


十二月に入ると、町はクリスマス一色になった。行き交う人たちにもどことなく、クリスマスの華やかさと、師走のせわしさが入り混じっている。

そんな中での選挙運動の開始だった。

公示日前夜、昼間はあれほど慌ただしかった事務所が静まり返っていた。

ボランティア、スタッフによって机やコピー機、事務用品、電話などが運び込まれ、設置されていた。選挙用事務所の準備は整っている。

デスクにはダンボール箱が十個近く置かれていた。中身は選挙用のポスターやチラシだ。届出が終わり、掲示板の場所の番号が決まれば、直ちに貼りに行く。段取りは濱口の指示で整っていた。

谷村と田中、岩淵は何度目かのダンボール箱の中身の確認を終えた。

第四章　選挙開始

1

十二月三日、公示日。

午前七時、谷村は有美と市役所の廊下に並んでいた。

「こんなの前代未聞ですよ。立候補の届出に候補者自身が並ぶなんて」

谷村は有美に声を潜めて言った。実際には届出順はくじを引いて決めている。

「さらにポスターのくじ引きもあるんでしょ。私、クジ運は強いのよ。年末のガラガラも二等と、五等を当てたことがある。扇風機と電気毛布。冬なのになぜ扇風機だったのかしらね。去年の売れ残りよね。絶対に一番を引いてあげる」

どの候補も自分のポスターは掲示版の目立つ位置に貼りたい。だから、ポスターを貼る位置も抽選で決められる。

「一番がいいとは限らないんです。色んな研究結果があるんですが、真ん中がいいとか左端が目立つとか」

いつもは向井が並ぶのだが、有美がやりたいと言い張ったのだ。他にやることはないのかと聞くと、私がやると必ず文句を言われると言う。濱口に聞くと、好きにさせろという返事だった。その代わり、必ずおまえが付いていけと言われたのだ。

今回の衆院選の候補者、川島有美がポスターの貼り場所の抽選に来ている。マスコミに漏れると、必ず何かで騒がれる。マスコミは、最初の記者会見で有美に目をつけているのだ。何かあれば、叩いてやろう、と。

騒がれること自体は悪くはないが、もっと高尚なもので騒がれたい。

選挙管理委員会の係の人が出てきて、有美は中に入っていった。

十分後に出てきた時には、一番の番号を持っている。

谷村はすぐに濱口に電話をかけた。事務所では、岩淵と田中がポスターを前にただちに出発の準備をしている。掲示板の番号が分かれば貼りに出るのだ。

「ね、クジ運は強いでしょ。一番目立つ場所でしょ」

「悪くはありませんが。早く帰りましょう。一時間後には出陣式です」

谷村は有美を促して外に出た。

知り合いの秘書がやってくると、声をかけてきた。

「おたくのお嬢さん候補者、頑張ってるじゃないの。最近、色んな場所で名前を聞くよ」

有美が前に出てきた。

「色んな場所って、どんな場所。具体的に教えてよ」

「主にネットの中とか――」

途中で有美本人と分かると、慌てて行ってしまった。

「早く帰りましょう。みんなが待っています」

谷村は有美をせかした。

事務所では立候補の届出受理と同時に、「川島有美選挙事務所」を覆っていた白布が外されているはずだ。

有美が帰ってくるとともに、衆議院議員総選挙の出陣式が始まる。

川島有美事務所の横の駐車場では、車が撤去されて、二台の選挙カーが止められていた。

有美たちの選挙事務所の出陣式が始まる。

駐車場には二台の選挙カーが停まっている。車体横には川島有美と川島昌平の文字が並んでいた。濱口が、まだ昌平の名は生きていると主張したのだ。

有美自身は川島有美、一人の名前を書くべきだと谷村には言ったが、強くは言ってこなかった。どうせダメだと思ったのだろう。

「どうします。本人はしゃべりたがっていますが」

谷村は濱口に聞いた。

「目立ちたいんだろ。でも見てみろ」

自社のネーム入りの腕章をしてカメラを持ったマスコミが十人以上いる。

「彼ら、有美さんの失敗を狙っているんだろう。初日におかしなことをやられたら、絶対にマズいぞ」

「じゃあ、軽い挨拶だけ」

「軽い挨拶が、ちょっと延びて、三十分ということがあったからな。この寒空だ、必ず何人か風邪を引く。老人が倒れでもしたら、恨まれるぞ。やはり、今回は長くて五分だ」

「五分で終わらなかったら」

「おまえの責任だ。引きずり下ろしてこい」

濱口は冗談でもなく言う。


時間がきて、司会者の田中が話し始めた。

「皆様お待たせ致しました。本日はお忙しい中、衆議院議員候補、川島有美の出陣式にお集まりいただき、誠にありがとうございます。ただ今より、出陣式を始めさせていただきます」

一呼吸おいて続けた。

「衆議院議員総選挙、千葉県第十二選挙区、衆議院議員候補、川島有美さんです」

拍手とともに有美が現れた。赤いブレザー、赤いパンツ。サンタクロースみたいだと事務所内では不評だったが、「赤は私の勝負服」という言葉で押し切られた。

実際に有美が着ると様になっている。大柄で、派手めな顔つきは美しい。しかも、よく見ると極上の美人の部類に入る。ただし化粧を控えめにすればの話だ。濃いめの化粧は、美しさを超越して未知の領域に入っている。

年増《としま》好みの若者層の票が期待できるかもしれないぞ。中年のエロオヤジや、老人層にも――池田の呟きが谷村の耳に残っている。この見方にはあえて反対はしない。

「今日は大丈夫だろうな。いらんことをしゃべりだすと命取りだぞ」

「言い含めてはおりますが――」

濱口は心配そうだが、谷村にも分からない。とにかく、頭を下げて、「川島昌平の娘の川島有美です。皆様のために働きます」このフレーズを繰り返してください。とは、言ってある。

有美が演台に上がった。十二月の寒空に有美の赤一色の服装はよく似合った。一瞬、殺風景な町に現れたサンタクロースを連想させた。

「みなさん、おはようございます。私、川島昌平の娘の川島有美です。皆様のために働きます」

有美は深々と頭を下げた。

「みなさんの力で、ぜひともみなさんの力で、私を国会に送ってください」

「ママ、サンタさんだ」

前列にいた四、五歳の女の子が声を上げた。周りで一斉に笑い声が上がる。

「そう、この町にもサンタがやってきました。私は皆さまにプレゼントを持ってきました。未来という素晴らしいプレゼントです」

「おいおい、また脱線を始めた」

濱口が唸《うな》る。

「お嬢ちゃん、名前はなんていうの」

「はるやまなか、四歳です」

有美は胸の名札に手をやった。

「愛《あい》が翔《かける》、愛翔《まなか》と書くのね。キラキラネームね。早めに漢字練習しなさい。私もサンタは大好きでした。実は私、高校一年までサンタを信じていました。でも、気づきました。うちは煙突ないのに、なぜサンタは来るのだろう。みなさん、不思議だとは思いませんか」

「窓から入るんだって、うちでは言ってる」

「うちは裏口からだって」

様々な声が上がる。

「窓や裏口はヤバいでしょ。それはドロボウ。みなさんも戸締まりには気をつけましょう」

辺りは爆笑に包まれた。

三十分近く、サンタの話で盛り上がった。

谷村が濱口の指示で、時間がすぎていることを有美に伝えた。

有美が『サンタが町にやってくる』を歌い始めた。

「さあ、みんなで」

有美が集まった人たちに呼びかける。

さあ　あなたからメリークリスマス
私からメリークリスマス
Santa Claus is coming to town
さあ　あなたからメリークリスマス
私からメリークリスマス

Santa Claus is coming to town

ねぇ　きこえて
来るでしょ
鈴の音が
すぐそこに
Santa Claus is coming to town

待ちきれないで
おやすみした子に
きっとすばらしい
プレゼントもって

さぁ　あなたからメリークリスマス
私からメリークリスマス

Santa Claus is coming to town

さぁ　あなたからメリークリスマス
私からメリークリスマス
Santa Claus is coming to town

待ちきれないで
おやすみした子に
きっとすばらしい
プレゼントもって

さぁ　あなたからメリークリスマス
私からメリークリスマス
Santa Claus is coming to town

さぁ　あなたからメリークリスマス
私からメリークリスマス
Santa Claus is coming to town

クリスマス・イブを　指折り数えた
幼い思い出もこよい　なつかし

さぁ　あなたからメリークリスマス
私からメリークリスマス
Santa Claus is coming to town

『サンタが町にやってくる』の大合唱が町に響いた。
気がつくと、谷村も一緒になって歌っていた。
マスコミの者たちも、メロディーを口ずさみながら写真を撮っている。
司会の田中が時計を示して、時間がオーバーしていることをしきりに訴えている。

「それではサンタ、じゃなくて川島有美が元気一杯に出発です。町の皆様もサンタのプレゼントを待っています」

選挙カーの窓から有美が顔を出して満面の笑みを浮かべて、手を振っている。

横に座っていた谷村も、知らず知らずのうちに笑っていた。

「有美さん、子ども好きなんですか」

「嫌いよ。うるさくて」

「でも、子どもは有美さんに懐いてました」

「精神年齢が近いって、言われたことがある。あなたも、そう思ってるんでしょ」

私にも七歳の娘がいるんです、と言おうとした谷村は黙った。


「すぐに来て、やめさせて」

その日の夜、田中が飛び込んできた。

谷村は慌てて選挙事務所を飛び出して駐車場に行った。

有美と岩淵が選挙カーにペンキを塗っている。

「やめてください。何をしてるんです」

車のボディが川島有美の部分を残して、赤く塗られている。

「サンタが乗るのは、トナカイに引かれたソリでしょ。トナカイとソリは無理だとしても、これなら少しはクリスマスらしく見える」

「やめてください。選挙違反に――」

「赤い選挙カーはダメって法律はあるの？　なかったよね？」

有美が岩淵を見た。

「ボクの調べた限りでは。目立っていいんじゃないですか」

有美は車に上半身を入れてスピーカーのスイッチを押した。大音量の『サンタが町にやってくる』のメロディーが流れ始める。

「これも法律はクリアしてる。この方が楽しくていいでしょ」

これじゃ、消防車か郵便局の車だ、という言葉を谷村は呑み込んだ。

有美の乗った赤い選挙カーが音楽を流しながら走った。音楽が聞こえ始めると、子どもに手を引かれたお母さんたちが飛び出してくる。子どもにせがまれて、手を振っている。

有美も「サンタの川島有美です。川島有美のサンタです」を連呼している。

たしかに宣伝効果はある。濱口が何も言わないので、谷村も黙認した。

2

本格的な選挙運動が始まっていた。各陣営、終日、時間が許す限り選挙カーを走らせている。

谷村は後部座席の有美の隣に座り、資料を渡しレクチャーをしていた。

「今日のスケジュールです。会合の出席者、それは必ず覚えておいてください」

有美は前に渡された十二区の主要人物五百人分のデータが入っているスマホを出した。名前を言うと写真と経歴が現れる。

「事前に読んでいただきたい資料、三種類あって一つ目が今から行く県の旅館ホテル組合会青年部のもの、それから二つ目が資源循環保全協会の議事録です。三つ目が――」

有美はスマホに名前を吹き込み、写真と経歴を見ている。

「聞いているんですか」

「大丈夫。私、顔を覚えるのは得意だから」

前に聞いた時は、すぐに忘れると言っていたはずだ。覚えてほしいのは、経歴と現在の役職です、という言葉を思いとどまった。何を言っても無駄だと思い始めたのだ。この人にはこの人のやり方がある。それで生きてきたのだ。名前を呼び合うことなんてまずない。

「今日の集会は重要です。市の商工会のトップの人たちも多数来ます。この前のように、歌を歌ってすむような人たちじゃありませんから」

有美が谷村に目を向けた。真剣な表情だ。

「それって、庶民をバカにしてない？　そういう態度だから、政治家は嫌われるのよ。みんなで、クリスマスソングを歌って、何が悪いの」

「それはですね――」

言葉が続かない。有美に洗脳されつつあるのか。

「それはですね、場所と人です。歌を歌ってばかりでは、政治はできません」

「そんなこと、わかってる。でも、しかめ面ばかりでも政治はできない。みんなで楽しくやりましょう」

谷村はわざとらしく深いため息をついた。

大小の集会、選挙カーでの市内の流し、街頭での演説、場所を移動しながらも商店街を通るときは、車から降りて握手をして回った。有美の人気は抜群だった。有美の周りには常に人垣ができた。

有美は谷村に言われるまま、精力的に選挙運動をこなしている。


事務所に戻り、有美がソファーに倒れ込むように座っている。

谷村はアイスコーヒーを持って有美の隣に座った。

ありがとうと言って、有美がコーヒーを一気に飲み干した。

「お疲れさまです。有美さんはよくやっています。初めての経験なのに」

「感覚がつかめないのよ。たぶん、迷惑をかけてると思う。でも、私、通るのかしら」

有美が心配そうな顔を向けてくる。やめる、と言ってビルの屋上から飛び降りたのは誰だ。矛盾の塊のような人だ。でも、それがこの人の魅力かもしれない。

谷村はふっと思った。自分は今まで、敷かれたレールの上をただ走ってきただけだ。

有美の方が、確実に自分の意思を持って生きている。

「大丈夫です。有美さんには――オーラがあります。必ず通ります。サンタ、じゃなくて神さまを信じましょう」

選挙は始まる前に、結果はある程度決まっている。党と県連の公認の力で基礎票は固まっている。大きな失点さえなければ大丈夫だ。そのはずだ。

最近、この構図が崩れてきているのは事実だ。SNSの広まりと、一部の国民の意識の向上か。

「うそー、なんなのこれ」

田中が大声を上げて立ち上がった。続けてスマホを読み始めた。

「元防衛大臣の前衆議院議員に口利き疑惑発覚。今期限りで引退を表明している川島昌平氏、県内の精密機器業者から現金を受け取りながら、政治資金収支報告書に記載していなかった模様。政界に衝撃が走っている」

スタッフ全員の視線が田中に集中した。田中は続けた。

「関係者によれば、この精密機器メーカー社長は戦闘機に搭載する長距離巡航ミサイル開発の受注を巡って、元防衛大臣の川島氏に口利きを依頼し、接待したという。現金の授受もあった模様」

「濱口さんに連絡。秘書は全員会議室に集合」

谷村は叫ぶと、会議室に入っていったが、すぐに戻ってきた。

「有美さんは、ここでしばらく休憩しててください。あとで呼びに来ますから。誰かアイスコーヒーを持ってきてくれ」

「ホットにして」

ホットだ、と怒鳴ると谷村は会議室に入っていった。

3

テーブルに置かれたパソコンには、ネット記事が映し出されていた。

「防衛産業の闇」の見出しが躍っている。その下には昌平の写真が大きく載っていた。

記事はスキャンダルをさらに煽るような内容だ。

「なんで、選挙運動が始まって早々、こんなモノが」

谷村は呟きながら記事を読んでいった。他陣営のリークとも考えたが、ここまで話が大々的だとそれも考えにくい。

濱口が後援会の宮本、富田、高松と共に飛び込んできた。

「有美さんも呼びましょう」

「ほっとけ、ややこしくなる」

谷村の言葉を濱口が撥ねのけた。

「なにがややこしくなるのよ」

振り向くと有美が立っている。

「説明してよ。私に関係していることでしょ」

濱口がパソコンを有美の方に向けた。

有美は近くの椅子に座って、パソコンを引き寄せた。

「コレって、本当なの。ネットニュースなんて、半分はウソなんでしょ」

「事実です。だから、これからその対策を――」

「あんたたち、知ってたの。知ってて、私に黙ってたの。父はどうなのよ」

「秘書の私たちが承知していることです。すべて昌平先生の指示です」

濱口が言い切った。ボクは知らなかった——岩淵の呟きが聞こえる。

「何もこんな時期にこんなことが、こんなことになるなんて。三年も前の話だぞ、なぜだ」

「他の陣営からかもしれませんね。うちが思ったより伸びてるんで、潰そうと」

宮本の質問に濱口が答えた。

「ひょっとして、西川先生か」

「西川さんがリークしたと言うの？　あの人、そんなことやるような人じゃない。奥さんを愛してるし」

「関係ないでしょう。選挙は法律に触れなければ、何をしてもいいんです。アメリカの大統領選挙だって、ネガティブキャンペーンはやりたい放題です。何百億円の金を使って。それだけあれば、何人の貧困者を救えるか」

「絶対にタイミング狙ってたな、これ。選挙戦の真っ最中だからな」

「とにかく、問題になった以上、何とかしないと。通常なら代議士の会見になるんだが。あの体調だからな」

「普通の時だったら否定しつつじっとしてると、誰かが次の問題起こして忘れられるんですけどね。最近こういう話題が多いんで、正直あんまり問題にならないんです」

「マジっすか。覚えとこう」

有美を無視して、様々な声が飛び交い始めた。

今まで無言だった向井が立ち上がった。

「私が会見に立ちます。政治資金収支報告書の記載漏れで。私のミスです」

全員に向かって頭を下げた。

「会見の準備だ。至急、マスコミに連絡。会見場所は事務所はダメだぞ。イメージが悪くなる。前に有美さんの会見を開いたのとは別のホテルを手配しろ。有美さんとは関係ないイメージを強調するんだ」

濱口が生き返ったように、テキパキと指示を出し始めた。

有美がテーブルをバン、と叩いて立ち上がった。

「シャラップ。黙りなさい。何が起こっているのか、私にも分かるように話しなさい」

「谷村、おまえがやれ」

濱口は言い残すと、宮本の腕をつかんで部屋を出ていった。

「川島昌平事務所の名前で会見を開きます。本来なら否定して終わりでいいと思うんですが、選挙中なので早くことを解決しなければなりません。問題は向井さんの政治資金収支報告書の記載漏れで解決です。選挙中ということを考えたら、これが最もダメージが少ないと思います」

「問題はもっと大きいんじゃないの。精密機器メーカー、戦闘機に搭載する長距離巡航ミサイル開発、すごい言葉が並んでる。元防衛大臣の川島氏に口利きを依頼し、接待。収賄罪。なんなのよ、これ」

「つまり、いただいた政治資金をしっかり帳簿につけていなかった、という単純ミスなんです」

「向井さんのせいにするんだ。秘書のせいにする。向井さん、それでいいの」

「川島事務所としては、あくまで事情を聞きとった結果、そう言うことになりました。公設秘書が捕まるとなにかと面倒なんです。最悪の場合でも、執行猶予がついてこの話は終わりです」

「向井さん、あなたはそれでいいの。執行猶予がついても、犯罪者になるのよ。あなたには家族があるでしょ。子どももいるんでしょ。中学生の女の子」

「別れた妻と住んでいます。今では姓も変わっています」

向井がぼそぼそと話し始めた。

「私は私設秘書で、川島先生には何度も助けられました。親代わりみたいなものです。こういうときは当然私が。覚悟はしてるんで大丈夫です」

向井は有美と他の者たちに頭を下げた。


近くのピースホテルの会議室で会見は開かれた。

有美の姿はなかった。秘書の不祥事でショックを受け、体調を崩したことと、新人候補者の川島有美は、この問題にはまったく関与していないということで出席は見送られた。

向井に付き添ったのは濱口と田中だ。女性を加えろということと、谷村は有美に付き添うということで、そうなったのだ。有美をしっかりと見張っているようにと忠告してから、濱口は谷村の肩を叩いて言った。

会見はスムーズに行われた。三年前の事件だったことと、向井が自分のミスとして認め、謝ったことでマスコミにこれ以上の追及を留まらせたのだ。

その夜、谷村は有美に昌平の病院に連れていくように頼まれた。

続いて病室に入ろうとすると、ドアが閉められた。

「これは本当のことなの」

中から有美の声が聞こえる。

「黙ってるつもりなら、まるでヤクザの世界じゃない。親分の罪を子分がかぶる。これが、大臣まで務めた政治家がやることなの」

その後の会話は声が小さくて聞き取れない。

有美のすすり泣く声が聞こえてくる。谷村の脳裏に、昌平がうなだれている姿が浮かんだ。

谷村の心に、もやもやしたものが溜まっている。なんだかわからないが、今まで感じたことのないものだ。

突然、ドアが開いて、有美が出てきた。ベッドに正座し、うなだれた昌平の姿が目に入った。有美がエレベーターの方に歩いていく。

どうしようか迷ったが、病室に入り、昌平をベッドに横たえ、布団をかけた。昌平は目を閉じたまま、谷村に身を任せている。

ナースセンターに寄り、昌平の様子に気をつけるように頼んで病院の入口に急いだ。有美の姿はない。

スマホに電話をしたが、出る気配はなかった。何度もかけているうちに、電源が切られていた。

4

翌日、いつも通りに有美を迎えに行くと家の前に有美は立っていた。赤い服が黄色に変わっている。

「あいつは実に分かりやすい。信号機なんだ。やる気満々のときは、赤が基調。着るもの、持つもの、食べるものまで赤を好む。赤信号でも突っ走る。気持ちが萎《な》えると黄色に変わる。青になれば要注意だ。常識とは逆のことをやり始める」

昔、昌平が言っていたことを思い出した。今は気持ちが萎えているのか。

お互いに事件のことにはひと言も触れなかった。

淡々と今日の予定を話す間も、有美は無言で窓の外を見ている。どことなく不気味さを感じる。

車を降りた谷村が事務所に入ると、濱口が寄ってきた。

「昌平先生の容体が悪化した。たった今、病院から電話があった。トイレに入ったまま出てこないので見に行ったら、パジャマのまま失禁してぐったりしてたそうだ。昨日は元気だったんだが」

「すぐ有美さんを連れていきます」

「他の者には言うな。下手に漏れたら選挙に響く。おまえも病院に行って、うまく処理しろ」

「うまく処理って。どうすればいいんですか」

「まず、病状を俺に報告しろ。選挙に影響ないように最大限努力しろ」

「濱口さんはどうするんですか」

「後援会と県連に行ってくる」

「話すんですか」

「状況次第だ。とにかく、おまえは早く行って病状を報告してくれ」

「今日の遊説は中止ですね。有美さんには――」

谷村が言い終わらないうちに、濱口はコートをつかんで出ていった。

谷村は有美を連れて病院に行った。

車の中で昌平のことを話すと、有美は想像以上に動揺した。

「私のせい。昨夜、私が問い詰めたから。かなり憔悴してた。あの時は、当然の報いと思ったけど、ショックには違いない。私、どうしたらいいんだろ」

「有美さんのせいじゃないです。昌平先生はそんなに弱くはないです。大丈夫です」

谷村は自分自身に言い聞かせるように話した。

病院に着いて有美を降ろすと車を駐車場に入れて、その足で担当医の診察室に行った。

「命に別状はないですよ。ただ、高齢ですからね。これから何が起こるか分かりません。興奮させること、ストレスになるような話は避けてください。安静にしていること、これがいちばん重要です」

谷村は昨夜、有美が昌平を訪ねたときのことを思い出していた。何を話したか有美は言わなかったが、聞こえてきた話からも想像はついた。政治資金収支報告書の記載漏れで、向井がすべての責任を被ったことを責めたのだ。

昌平はかなり応《こた》えたはずだ。あんな昌平は見たことがなかった。

診察室を出て、病室に行った。中からは笑い声が聞こえてくる。

「谷村くん、来なさいよ」

谷村は部屋に入った。昌平はベッドに起き上がっている。

「倒れたなんて言うから、どうなってるかと思ったら、この通りよ。薬でかなり回復してる」

どうせ昌平が医師と看護師を抱き込んで、電話させたのだ。失禁の話も嘘だろう。

「向井さんも大丈夫そう。記載漏れも、去年、気が付いて修正申告してるんだって。向井さんのミスには違いないけど、他の事務所でもよくあることらしい」

有美は無邪気に話している。

「ホッとしました。いま昌平先生に倒れられたら、私たちもガタガタです」

「俺のような老兵になにができる。消え去るのみだ」

「心の支えになっています。昌平先生が背後で見守ってくれていると思うと、勇気がわきます」

「濱口はどうした」

「後援会と県連に行っています。先生が倒れたと聞いたもので」

「ふんどしを締め直してガンバレということだ」

昌平の言葉はかなりはっきりしてきている。

「有美さんは連れて帰ります。午後から集会が入っています。終わりましたら、昌平先生にお返しします」

谷村は有美を促して病室を出た。

「ホッとしました。昌平先生が大したことなくて」

「何なのかしらね。結局、父の言いなりになっているような気がする」

「なんでです」

「私が選挙に出ていること。あり得ないと思っていたのに」

「運命じゃないですか。深く考えない方がいいですよ。とにかく今は選挙に勝つこと」

谷村は言いながら虚しさを感じていた。こんな気分になったのは初めてだ。

午後の集会と遊説は問題なく終わった。ただ、有美が時折り何かを考え込んでいるのが気にかかった。考え込むということなど、あまりない人だったのに、最近は考え込むことが多くなったような気がする。

遊説が終わり、有美を病院に送って、事務所に戻った。

選挙スタッフは帰っていたが、田中と岩淵は残っていた。

「濱口さんは」

谷村は田中に聞いた。

田中が唇に人差し指を当てて、目で奥の会議室を指す。

「池田、森下、石橋、浜田、県議と市議が集まって、三時間前からこもってます」

岩淵が言う。

「谷村さんが帰ってきたら来るようにと言ってました」

「おまえらは」

「小物には用がないということじゃないですか」

田中が目を吊り上げて言う。

谷村はノックして会議室に入った。

五人の視線が谷村に集中する。濱口が横に座るように言った。

「昌平先生の具合はどうだ」

「持ち直しています。有美さんとは普通に話していました」

「しぶとい人だからな。あの世からでも這い出してくる」

池田が谷村を見てから、その目を濱口に向けた。なんでこいつがいる。池田の目はそう言っている。

「谷村にも状況を知っておいてもらった方がいいと思いましてね。有美さん係なんで」

濱口が池田に言う。

「どういうことだ」

「あの人、なにを考えているのか分からない。ヘンに正論を持ち出して、暴れ出す可能性があります。谷村がいちばんうまく扱えるということです」

谷村は濱口を見た。

「何の話ですか」

「おまえだって、分かってるだろ。事務所の運営費、人件費、冠婚葬祭費、秘書の旅費、つまり政治には金がかかるんだ。だから、政治資金が必要なんだ。昌平先生はそういう方面には疎かったんで、我々が頑張ってた」

我々が頑張っていた――つまり、仕切っていたということか。

「今までは昌平先生が倒れたとはいえ、なんとか健在だった。システムは保たれていた。企業からの政治献金は我々の事務所で配分していた。各事務所の貢献度でということだ。もし先生が亡くなれば当然、その割合は変わってくる。それを相談してるんだ」

池田が言って、納得を求めるように他の議員を見る。彼らも頷いている。

「でも、昌平先生はまだ生きて――」

「事務所経費の捻出だよ。この中からおまえたち、私設秘書の給料も出てるんだ」

濱口が谷村の言葉を遮った。

「そうなんですけど、話が急ではないですか。有美さんの選挙中だし」

「なんのために、あんな使えない女を公認にしてると思ってるんだ。今のシステムを護るためだ」

黙って見ていた石橋が谷村と濱口を睨みつけて言う。

「おまえも、濱口とグルなんだろ。自分たちの取り分が減るのが嫌なだけだろう」

谷村には半分程度しか話が見えていない。どうやら、事務所に入る政治献金だけの話ではなさそうだ。自分には関係ないと言えないのがもどかしい。

「それは言いすぎだろ、最近はマスコミも敏感だから派手に動かない方がいい。SNSは何でも騒ぎ立てるし。俺はそう言ってるだけだ」

濱口が石橋にくってかかる。

まあまあと、池田が割って入った。

「国政で色々便宜を図ってくれる昌平先生にはありがたいと思ってますよ。でも県や市の企業とのやりとりは、我々との連携があるからこそでしょう。みんなでやってるんだから。それに、濱口くんも先生の名前つきの名刺使って、結構いい思いしてるらしいじゃない。おいしいとこ持ってってこっちは現状維持っていうのもねえ」

池田が濱口に迫った。他の議員たちも頷いている。

「谷村、お茶持ってきてくれ。冷蔵庫のペットボトル。一・五リットルの方」

濱口が慌てて谷村に言う。

「なにもこんなところで言うことないだろ」

「おまえ、あいつに話してないのか」

谷村がドアを出た時、部屋の中から濱口と池田の会話が聞こえる。

会議室から応接室に入ると、田中と岩淵が寄ってきた。

「なに話してるのよ」

田中が聞いてくる。

「清洲《きよす》会議だ」

「私、関係持ちたくない」

田中が顔をしかめた。

「清洲会議って何ですか」

岩淵が田中に聞いている。

「重臣たちが集まって、後継者と自分たちの取り分を決めてるのよ」

田中がぶっきらぼうに答える。

本能寺で織田信長が討たれた後、尾張の清洲城に羽柴秀吉ら、重臣が集まった。後継者と領地の分配を決めるためだ。これが清洲会議だ。

「谷村さん、早く戻った方がいいですよ。まだ会議の途中でしょ」

田中に促され、谷村はペットボトルと紙コップを持って部屋に戻った。

「だからなんで、そういう割合になるんだよ」

「じゃあ、あの令嬢も我々と一緒に、企業回りをしてくれるわけか。あの跳ね返りが、そんなわけにはいかないでしょうが。まとまるモノもまとまらない」

濱口と池田が立ち上がって言い争っている。

「なんのためにあの娘になったと思ってんだ。言いなりになると言ったのは、あんたでしょ。ふざけるなっていう話。だから建設会社も不安がって、うちに相談に来たんだ。だから――」

池田が強調した。しかしマズいと思ったのか、途中で言葉を濁した。

「富山建設がどうして、不安がるんですか」

「あんた、パーティー券の数、勝手に増やしただろ。我々に相談もなく。それはまずいよ、昌平先生、知らないでしょ」

池田が濱口に言う。富山建設は先月末、濱口に連れられて行った建設会社だ。

「あそこは昌平先生とは古い関係だから、少し多めにお願いしただけ。あくまで、お願い」

「タイミングが悪いよ。それは誤解されてもしょうがないな」

「そうだよ、あんただってこの騒ぎに乗じて、自分の取り分増やそうとしてるじゃないか」

五人が入り乱れて話し始めた。

谷村は一人取り残されていた。話はわからなくはないが、わかりたくない話でもあった。

要するに、今まで決めていた各事務所の企業献金の取り分の話だ。どうやらそれに、個人のピンハネが入っているらしい。谷村は耳をふさぎたい思いにかられた。

「ちょっと待ちなさいよ」

「待ちなさいよとはなんだ」

濱口と池田は立ち上がり向かい合った。

「こっちだってこれまでの付き合いがあるんですよ」

「そもそもおまえが好き勝手しすぎなんだよ。昌平先生が付いてると思って」

しだいに声が大きくなり、怒鳴り合いに突入していった。殴り合う一歩手前だ。

「やめましょうよ。これじゃ声が外に漏れる。選挙中だというのに」

谷村は言ったが、彼らの声に比べれば、十分の一以下の大きさだ。

そのとき、突然ドアが開いた。入ってきたのは有美だ。

言い合っていた声が消えて、視線が有美に集中する。

有美がゆっくりと男たちを見回している。

「あんたたち、いい加減にして。父の病状が悪化したっていうのに」

有美の怒鳴り声が部屋に響いた。一瞬、五人の動きが止まり、お互いに見つめ合っている。

「谷村、この娘を連れ出してくれ」

一呼吸おいて、池田が大声を出した。谷村が濱口を見ると、頷いている。

谷村が有美の腕をつかむと、有美がその腕を振り払った。

「あんたたち、なに考えてるのよ。清洲会議か何か知らないけど。ここは父の事務所なのよ。父がいない間に勝手に入り込んで、ののしり合ってる。うちの父をなんだと思ってるの。何の話か知らないけど、これ以上、父の事務所で勝手なことしないで。

私が許さないから」

有美の声はふるえていた。話の内容は具体的にわからなくても、よくない話であることはわかるのだ。田中たちが話したのか。

「あんたが関われるような話じゃないんだ。邪魔しないでくれ」

有美の剣幕に圧倒されたのか、池田がトーンを落とした。今度は浜田が調子を上げた。

「あんたわかってないのか、自分の立場が。誰が党本部から公認もらってきてやったと思ってるんだ」

「川島昌平よ。私の父。違うの」

有美が谷村に視線を向けた。谷村はどう答えていいか分からない。

「なんで政治のド素人のあんたに、党が公認を出すんだ。我々があんたを支持すると決めたから、党は公認を出したんだ。それを――」

「谷村、有美さんを連れ出せ」

浜田の話をさえぎるように、濱口が大声を上げた。

5

「とりあえず家に帰って休んでください。明日も朝早いんですから」

谷村は運転しながら言った。

「どういうことよ、私は父に頼まれて立候補したんじゃないの。党の公認も父の顔によって――」

「昌平先生は有美さんの政治家にはなりたくないという言葉を尊重しておりました。娘には自分の望む道を歩ませたいと。先生はもう一期、議員を続けて、引退するつもりでした」

谷村はバックミラーを見て、有美が聞いているのを確認してから説明を続けた。

「次の候補を決める話になって、適当な候補者が見つかりませんでした。手を挙げる者は山ほどいるんですが、反対者も山ほどいる。結局は足の引っ張り合いです。池田先生、森下先生もそうです。みなさん、国政を狙っている。その折衷案として、有美さんに白羽の矢が立ったと聞いてます」

「私はあの人たちの言うことを聞くために、選挙に出てるってこと。父が私を望んだっていうのは嘘なの」

「今は喜んでいます。やっと、有美が俺の気持ちを汲んでくれたと」

「谷村くんは知ってたの」

「おおよそは――」

「私はあの人たちの言いなりになるために、選挙に勝とうとしてるの」

「そんなことはないです。結局これが最善の方法なんです」

「どういうことよ」

「僕が秘書になりかけのころ、非常に印象的な先生がいました。その先生は党の方針と合わなくて離党して出馬しました。党からは対抗馬を立てられ落選。結局、政界を去りました」

だから、と有美は意に介さない。

「この世界で当選と落選では月とスッポン、コインの表と裏、先生からただの人、いやプータローになるんです。つまり、力を持つ者と持たざる者。だから、一度代議士になるとしがみ付くんです」

谷村は自分の考えをまとめながら話した。今までは疑問を抱かずに流されてきたことを痛感する。

「我々は有美さんに当選してほしいと心から願ってます。だからそのためにはこれが、一番なんです」

「ハッキリしてよ。なにが言いたいの」

「昌平先生にも事後報告ですが伝えてはいますし、承諾も得ています」

「私、やめる。この選挙から降りる」

谷村は車を路肩に止めた。運転席から身体をねじるようにして有美を見つめた。

「このタイミングではもう無理なんです。もう、賽《さい》は投げられているんです。何十人もの関係者が、何か月も時間をかけて、ここまでの準備をしてるんです。一つの議席を得ることは、とても貴重で価値のあることなんです。それを諦めることはあり得ないんです。多くの人間とお金がかかってますし。それに、有美さんが簡単に全部を放り出せるような人間じゃないのも、わかってます」

谷村は有美を見つめた。暗くて表情は見えない。

「有美さんには、続けていくという選択肢しかないんです。今は、これが一番いい選択なんです。理解できないかもしれないですが、こういう風に政界に入るやり方もあるんです。それに、有美さんならきっといい政治家になります。これは本当です、みんな言ってます。私も感じます。だから最初は受け入れがたいことを言われるかもしれませんが、有美さんなら必ず解決できます。だから、続けてください」

「何を言い出すの。やれるわけないでしょ」

「昌平先生もそう望まれているはずです」

谷村は正面に向き直り、ハンドルを握った。

ゆっくりと車を発進させた。


昼休みに、谷村は田中と近くの蕎麦屋で食事をしていた。

「この間スーパーで向井さんに会った」

突然田中が言う。

「元気そうでしたか」

「バカ言わないで、元気なわけないでしょ。パチンコにも行けないって、ぼやいてたけど」

記者会見で記載ミスを認めてから、警察からは何の連絡もないらしい。

「警察もそれどころじゃないんじゃないですか」

「どこかの陣営がリークしたとか、本当なんだろうか」

田中が首をかしげている。

「ありうる話ですね。選挙が終わったら、向井さん、また戻ってきてほしいですね」

「他に行くところもないでしょ。有美さんには通ってほしいね」

「異例尽くめの選挙ですよね」

谷村は田中に言った。

「でも不思議よね。これだけトラブル続きでも、当落予想も目立って落ちてる様子もなし。濱口さんが当選は固いだろうって」

「日本は相変わらず、平和が続くってことですかね」

「有美さん、大丈夫なの。知ってるんでしょ、この間の清洲会議」

「概要は話しましたがね。納得しているかどうか。でも、おいおいわかってくるんじゃないですか。子どもじゃないんですから」

「谷村くん、本気でそう思ってるの」

見ていたスマホを置いて、田中が真剣な表情で谷村を見た。

「なんですか、田中さんまで。怖いこと言わないでください」

急に不安を覚え、谷村は蕎麦をかき込んだ。

第五章　落ちるために

1

選挙は中盤戦に入っていた。

朝、谷村が迎えに行くと、有美は時間通りに門の前に立ってはいるが、いつもの元気がない。

どこか上の空で何かを考えている。谷村の要望に黙って従う分、不気味だった。

「赤いブレザー、着ないんですか。そのブレザーも目立ってステキですが、あれ、意外と評判よかったんです。有美さんに似合ってたし。サンタはどこに行ったのって、子どもから電話が入るそうです」

谷村は正直な気持ちで話した。

「黄色の方が落ち着く。赤って気分じゃないし」

「今朝、最新の選挙予測が入ってきました。有美さん、ほぼ当選確実です。この調子でやってください。今日は党本部から、幹事長代理が応援に来てくれます。有美さんには期待してるって言ってました」

「何を期待してるんだか」

「何をって。当選ですよ。代議士になること」

「なって、何をやるの」

有美が生気のない声で聞いてくる。

「政治ですよ、政治。張り切ってたじゃないですか。昌平先生の後を継ぐって」

「でも、私が後を継いだの、お父さんの意思じゃないんでしょ。県連の人たちが操りやすいからだって――」

「あれは言葉の綾《あや》で、そんなことできるはずがないでしょう」

谷村は慌てて否定したが、説得力はないだろう。

それっきり、有美は黙り込んだ。

スマホが鳴っている。

〈谷村、今日、有美さんを送ってからあの店に来い〉

濱口からだ。強い言い方で、それだけ言うと切れた。

あの店とは駅裏の料亭「華藪《はなやぶ》」で小脇市では高級料亭で通っている。谷村個人では、とても入れない店だ。

濱口の名前を出すと、座敷に通された。

上座にいるのは新聞記者の平間だ。その他に濱口、池田と森下もいた。

「悪いが、もう一度話してくれ」

濱口が平間に言う。

「今日昼に川島有美に呼び出されて、これを渡された」

テーブルに置かれたのは、川島事務所の企業献金の報告書のコピーだ。

「俺たちが企業の寄付金をピンハネしてるって言うんだ。談合企業からの献金話もちらつかせたらしい。こんなもの調べられても、なにも出ないがね。おまえの教育が悪いから、こういうことになるんだ。しっかりしろよ」

「すいません。すべて、有美さんを当選させるためだと言って聞かせたんですが」

「言い方が悪いからだろ。しっかりしろよ。何年、秘書をやってるんだ」

濱口が強い口調で谷村を叱責した。

池田が平間の前に封筒を置いた。

「いつも、申し訳ない。今後もよろしく頼むよ」

「世の中、平和が一番。マスコミだって、いらぬ波風は立てたくないんですよ。しかし、あのお嬢さん、変わってますね。父親を売るなんて。これって昌平先生も関係してるんでしょう」

「売るってのは言いすぎですよ」

谷村は思わず口走っていた。

濱口たちの視線が集中する。

「いや、やっぱりそうなりますよね。ここは穏やかに済ませなきゃ」

「おまえ、しっかりお嬢さんを教育しろよ。今回は大丈夫だとしても、次があるんだから」

池田が谷村の頭をはたいた。

「この間のことですが、説明が足りませんでした」

谷村は有美に言った。

「濱口さんたちは、決して違法なことはしていません。政治献金をコントロールして、過度の競争を防いでいるんです。企業献金を国と県と市で分けているようなものです。企業にとっても都合がいいんです。予算が立てやすくて」

谷村は自分でも疑問に思いながら話した。

「上手いこと言う。国会議員と県会議員と市会議員で仲良く分配してるってわけでしょ。今までは父の名前を使って、企業から献金を集めていた。これからは、私を利用するつもりなんでしょ」

「政治にはお金がかかるんです。冠婚葬祭にも手ぶらでは行けない。私設秘書の給料、事務所の維持費。最大の出費は選挙です。これだけの経費を昌平先生の歳費と、資金集めパーティー、企業と個人からの寄付でまかないます。うちの場合、ベテランの濱口さんがいますから、企業寄付も他よりは多いです」

「その寄付を濱口さんと県議や市議の人とで分けてる」

「それは間違いです。企業に負担をかけないように、民自党への年間政治献金額を決めて、貢献度に従って配分しているんです。いくらかは個人が取ることもありますが、それは手数料ということで」

谷村はさすがにこれはマズいかと思いながら話した。

「そういうのピンハネって言う。犯罪よ」

「それは言いすぎです」

谷村はそう指摘しながらも、否定できなかった。確かに、犯罪なのだ。

「平間記者にお会いなさったんでしょ」

谷村は思い切って聞いた。

有美の顔色が変わった。必死で動揺を隠そうとしているが、指先が震えている。

「誰から聞いたの」

数秒後、かすれた声が返ってくる。

「本人からです」

有美は絶句している。

「世の中なんて、こういうものです」

「だからそれを正すのが政治家じゃないの。だから——」

元の強気な表情がわずかに感じられる。

「あなたは、私の味方だと思ってた」

「味方です。だから、有美さんに当選してもらおうと、頑張っています」

「なら別の記者に言う。写真週刊誌もあるし。こんな話なら誰か興味を持つでしょ。全部、ぶちまける。そうするしかない」

「やめた方がいいです。マスコミに話したとしても、何も起こりません。証拠がないんです。企業側もバカじゃありませんから、何も残っていません。事務所も県連の人たちも全面否定します」

「じゃ、ネットに流す」

「何を流すんです。有美さんのユーチューブですか。有美さんには精神的に不安定な面があって、事務所では制御しきれない。最近は妄想癖があって、手を焼いている。おそらくそうなります。これこそ、マスコミは飛びつきます」

　有美は目を見開いた。

「思い出してください。少子化問題の発言や、ユーチューバーの倉本との暴力騒ぎ。多くの問題がありました。要するに、有美さんの人格問題に関わります」

「私を脅してるの」

「そうじゃなくて、お願いしてるんです」

「だったら、私が選挙に落ちればいい」

有美は呟くように言う。

低い、消えるような声だったが、谷村の胸に鋭く突き刺さった。

2

そんな有美の思いにかかわらず、選挙戦は続いた。

谷村は毎朝六時に迎えに行き、講演、立会演説会と、選挙カーに乗って選挙区を回った。

有美は谷村が渡した原稿を読み、指示された所に行って、言われた言葉を話した。

「笑ってください。大切な人たちです」

有美は笑みを浮かべ、差し出される手を握り返している。

変わったことと言えば、有美の服が黄色からライトブルーのブレザーになったことだ。谷村はなんとなく不安を覚えた。

谷村は再度、濱口と池田に呼び出された。

「あのお嬢さん、いやにおとなしくなったな。おまえ、何かしたか」

薄笑いを浮かべて言う。

「理を尽くして話しただけです」

「身体を尽くしてだろ」

「やめてくださいよ。我々は真剣なんですから」

谷村は池田を睨みつけた。思わず出た、我々という言葉だった。有美と谷村自身のことだ。

「冗談だよ。そんな、怖い顔をするな。とにかく、おまえにはみんな感謝してる。丸く収めてくれて」

濱口が谷村の機嫌を取るように言う。

「〈じゃじゃ馬ならし〉って映画知ってるか。エリザベス・テイラーとリチャード・バートン主演の映画だ」

「いつの時代ですか」

「昔々だ。俺も昌平先生に言われて、探してみた。今度、おまえも見てみろ。大元はシェイクスピアの喜劇だ。有美さんのことは気にするな。いっとき、自我に目覚めたというか、世襲の議員にはよくある話だ。すぐに慣れる。世の中、こういうもんだって」

濱口は谷村の肩を叩くと、池田に声をかけて行ってしまった。

〈私が選挙に落ちればいい〉ふっと谷村の心によみがえった。あの時の有美の顔は、今までに見たことがなかった。どこか寂しげで、それでいて何か心に秘めている。複雑な表情だった。

この有美の言葉は谷村の中で膨れ上がっていった。

選挙運動は順調に進んでいった。

スタッフが帰り、選挙事務所には谷村と岩淵だけが残っていた。

「飲みに行こうと言いたいところだが、ムリだな」

「どうしたんですか、先輩。なんか、怖いなあ」

「選挙が終わっての話なんだけど。当選してからも、引き続き残るってのは、無理だよね。お父さんの所もあるし」

「当選してからも——当選確実ってことですか。全然大丈夫ですよ。オヤジも当分、よそで色々見てこいと言ってます。突然、なんでですか」

「いや最近、内輪でゴタゴタしてるから。こういうの見てたら、選挙終わったら辞めるのかなって思って」

「清洲会議ですか。驚いたことは驚いたけど。今の政治がそういうシステムでやってるんだから、受け入れるべきかなとも思って」

谷村はわずかに肩を落とした。

「でも、絶対によくないですよね。ああいうの。いつか、誰かが、何とかしなくちゃ。その誰かがが問題なんですけどね」

「そうだよね。二十一世紀なのに。政治が二十世紀じゃ、日本は終わりだ」

岩淵がスマホを見て、返信している。

「僕、今日デートなんです。スタッフの女子大生、星型のピアスしてた娘《こ》いたでしょ。彼女と飲みに行く約束です」

「問題は起こさないでくれよ。これ以上トラブルが続いたら、どやされるのは僕なんだから」

自粛には慣れてます、と言い残して岩淵は出て行った。

翌日の夕方、谷村は久し振りに妻と娘の麻衣子を連れて、昌平を見舞いに行った。

半分以上は選挙の状況報告だった。

問題なく進んでいること、有美も最近は選挙運動に慣れて、つつがなくこなしていることを告げた。

「すまんな、色々と迷惑かけて」

秘書に礼など言ったことのない昌平が、頭を下げている。

ジュースを買いに行っていた妻が麻衣子と部屋に入って来た。麻衣子は谷村の膝にはい上がる。

「覚えてますか。うちの子が私立受かったら、なんでも言うこと聞くっておっしゃってましたよね」

麻衣子は私立の小学校に合格して、今年の四月に小学一年生になった。

「麻衣子ちゃんが、今の小学校にはもう行きたくないって言ったらどうする」

谷村は麻衣子を見た。そんなことは考えたことがない。答えないでいると、昌平が続けた。

「将来を考えたら、親としては行くべきだと言うだろうな。せっかく入った学校だ。だが、本人のことを考えてるつもりで、結局は自分の思い通りにさせたいだけなんだろうな」

昌平は視線を窓の方に移した。有美のことを言っているのか。

「ここのところ、色々考えてな。やはり、娘自身が幸せと感じるのが一番だと思い始めた」

谷村は昌平が有美と会った後、ベッドに正座して頭《こうべ》を垂れていた姿を思い出した。親が初めて子どもの成長を知った瞬間なのか。親子の立場が逆転したのを感じたのか。

選挙運動は終盤に入っていった。

「いよいよ終盤戦に突入だ。今日は駅前の中心部を重点的に回る。みんなも気合を入れて、頑張ってくれ」

遊説前の朝礼で、濱口はスタッフに檄を飛ばした。

谷村は横に立っている有美の様子がおかしいのに気づいていた。どことなく目がうつろで動作が鈍い。疲れが溜まってくる時期でもあった。

服の色も、ライトブルーからブルーに変わっている。昌平の言葉を思い出していた。青になれば要注意だ。常識とは逆のことをやり始める。

事務所を出て、選挙カーに向かっているときだった。

「有美さん、疲れているなら、途中、ファミレスにでも入って休憩しましょう。店には従業員も客もいます。彼らとの触れ合いも、選挙運動の一つです」

谷村の言葉も耳に入らないように、有美はフラフラと歩いている。

「有美さん、選挙カーはこっちです」

谷村の言葉にも反応せず、道路の方に向かう。

「有美さん、おかしいですよ」

岩淵の言葉が終わらないうちに、谷村は走り出していた。

道路に踏み出す一歩手前で、谷村は有美の腕をつかんだ。

目の前を大型バンが通りすぎていく。

「有美さん、どうかしましたか」

あとから来た岩淵が真剣な表情で言う。

「何でもない。コンビニに行くつもりだった」

道路の反対側にあるコンビニを目で指したが、岩淵は納得しない様子で二人を見ている。

「疲れてるだけだ。先に行って、車の点検を頼む」

了解です、と言って岩淵はスタッフたちを連れて駐車場に向かった。


遊説から帰って事務所に入ろうとしたとき、肩を強く叩かれた。

驚いて振り向くと、ファックス用紙を持った西川の秘書の森田が立っている。

「谷村くん、なに考えてるんだよ。明日の街頭演説の順番、うちの先生をトップに入れてくれって頼んでただろ。どこに名前があるんだよ」

「すいません、至急、訂正版を送ります」

「あんたの事務所、ちょっと調子に乗ってるんじゃない。いくら当確の予想が出てるからって。そのうち、公認を外されるよ」

捨て台詞を残して帰っていった。

事務所に入って、訂正版を作ろうとしたが、パソコンが途中で固まってしまった。岩渕を呼んで見てもらった。彼は自称コンピュータおたくだ。確かにパソコンには詳しい。

「これ、古いですからね。もう買い換えた方がいいかもです。最近のは速いですよ。ハードディスクがありませんから。ヒューです」

「そろそろ引退してもらうか。十分に働いてくれたことだし」

谷村はため息をついて、パソコンのスイッチを切った。

「明日は、三十分早く待っていてください。いよいよ、終盤戦ですから」

谷村が告げると、有美は何も言わず頷いた。相変わらず、心ここにあらずの状態だ。

3

翌日、谷村は三十分早く有美の家に迎えに行った。

有美はブルーの服を着て待っていた。あいかわらず元気はない。

走り出してすぐに、公園の駐車場に車を止めた。

谷村はハンドルに手をかけたまま、後部座席の有美に言った。

「有美さんはまだ、落選したいと思ってるんですか」

「どういうこと」

「最近の有美さん、見ていられません。魂の抜けた人形みたいで」

「あなたたちの望んでることじゃないの。操り人形」

「それを言わないでください。反省してるんだから」

「どうせ、口だけでしょ。あなたたちのやり口が分かってきた。私は負けた」

「だからって、そんな抜け殻みたいな有美さんを見てると、心が痛みます」

「口先だけのこと言わないで。余計にいやになるから」

谷村は身体をねじって、有美を見た。有美が視線を逸《そ》らせる。

「選挙に落ちるなんて簡単です。好感度上げることに比べたら下げるなんて、普段の有美さんの調子でいいわけですから」

「何を言ってるの？」

有美が顔を上げて谷村を見る。

「有美さんも覚えてるでしょ、お昼のワイドショー。政界のパワハラ、ドタバタ劇、不倫スキャンダル、満載の時期があったでしょ。ここ数年のドタバタです」

谷村は過去の例を説明した。

秘書のミスを怒鳴りつけ、手を上げた女性代議士はテレビ、週刊誌でさんざん叩かれた末、離党し、次の選挙で落選した。新幹線で既婚男性と手をつないで眠っていた女性代議士は、週刊誌のグラビアに載ってSNSで炎上した。次の選挙ではどうなるか分からない。不倫女性代議士は離党した後も政党間を迷走した挙げ句、次の選挙には出ないことを表明している。中には、実力のある政治家もいた。

「パワハラ、スキャンダル、不祥事の総合商社です。いずれも、評判はがた落ち。次の選挙に落ちた人もいます。通っても、影響力はゼロに近い。何をやっても、あの人は昔――ですからね。本人が本気になればなるほど、事件が際立ちます。本当は、これじゃダメなんですけどね」

「私、どれもやったことない」

「じゃ、やってください。この車、ドライブレコーダー付きですから」

「不倫なんて、チャンスがなかった。一度はやってみたかった」

「ネットを見ると、過去にいろいろあったみたいですが、その復刻版はどうですか」

谷村はタブレットを立ち上げて、有美に向けた。

〈前科があるってホント？　いま話題のお騒がせ候補、川島有美氏についてまとめました〉というタイトルで有美のこれまでの失言や騒動がまとめられている。

ページがスクロールされると、有美が覚せい剤常習者で前科があるという話まで載っている。

半分ほど見終わって、有美はタブレットを閉じた。

「コレって、誰って感じ。私じゃないみたい。なんか、人格が傷つけられてる」

「やってないんですか」

「半分はね。覚せい剤なんてやったことないし。本当にやってれば、警察が来てるでしょ。警察のお世話になんかなったことがない。あっ、酔っぱらって路上で寝てて、タクシーに乗せてくれて、お金借りた」

「この傷害事件ってなんです」

「痴漢を水のボトルでぶん殴った。反省してる。ワインのビンにすればよかった。でも、こんなに書かれてると傷つくね」

「私だって傷つきます。こんなこと、やったことがない。落ちるための選挙だなんて」

「今までＳＮＳの言葉なんて、特に気にしたことなかった。でも、私も色々言われてたのね」

「政治家になると、もっと色々言われます。あること、ないことに加え、主観が入りますからね。坊主憎けりゃ袈裟《けさ》まで憎い。その人が嫌いになれば、箸の上げ下ろしまで気に食わなくなります」

「そんな世界に関わりたくない」

「じゃ、いいんですね。落ちるということで」

谷村が念を押すと、有美は頷いた。


谷村と有美が事務所に行くと、岩淵のパソコンの前にスタッフが群がっている。

「迫力あるねえ。同性として尊敬する」

田中の声が聞こえる。

谷村はスタッフを押しのけて前に行った。

〈もっと急げ。後援会の集会に遅れるだろ。赤信号なんて、突っ走れ〉運転席を蹴りつけている有美の姿が映っている。

「ドライブレコーダーの映像ですよ。運転しているのは谷村くん。シートを蹴って叫んでいるのは有美さん。否定しようがない。どうする谷村くん」

田中が面白そうに言う。

「事務所のスタッフが喜んでどうするんですか。さっさと消して、仕事をしましょう。選挙の最中なんです」

「私たちに当たらないでよ。言い返すべきは、有美さんでしょ」

当の有美と一緒にやったことだ。改めて見ると迫力満点、演技賞ものだ。あの人、ひょっとして地でやっているのかもしれない。

「でもコレ、本物の有美さんなのかしら。運転してるのは確かに谷村くんだけど」

田中が画面を覗き込んで首をかしげている。


昼になって、濱口がスマホを持って谷村の所にやってきた。

「これは本当なのか」

スマホにはドライブレコーダーの映像が映っている。谷村は黙っている。

「本当なんだな。だったら、誰がこんなの流した。うちの者か」

濱口はおまえか、とは聞かなかった。

「ドライブレコーダーが盗まれました。やはり、警察に届けた方がいいですか」

濱口が意外そうな顔をしている。

「それはマズい。これ以上問題を大きくしたくない。もっと上手く、代議士を操縦しろ。全車、ドライブレコーダーを取り外せ」

濱口は有美のことを代議士と呼んだ。まだ有美は当確の予想なのだ。

「なんで、私がブスで、下品なのよ。だれが、こんな中傷流したのよ。見つけ次第殺してやる」

事務所の外から有美の声が聞こえてくる。多少はもとの有美に戻ったのか。

谷村が事務所の外に出ると、有美が数人の学生風の男に怒鳴っている。

「あんたら、いい加減なことを言うんじゃないよ。あんたらこそ、もっと勉強しなさいよ。わざわざ、因縁つけに電車に乗って来るほどヒマなの。あんたらのために、いくら税金が使われてるか知ってるの。大学なんて、あんたらの学費だけで運営されてるわけじゃないんだからね」

有美の前にはうなだれた三人の若者が立っている。

通りを行く人たちが、顔をしかめ、避けながら急ぎ足で通りすぎる。

「学生証を見せなさいって。匿名でコソコソするしか能がないの。私は有能な弁護士、大勢知ってるのよ。必ず、あんたらの将来を潰してやる」

学生たちの顔は引きつっている。

「有美さん、どうかしたんですか」

「こいつらが、私を誹謗中傷しに来たのよ。ネットの情報流したの自分らだと自慢しに来たの。どこまで、バカなんでしょ。これじゃ日本の将来、真っ暗よ」

「落ち着いてください。それにしても、将来を潰すは、言いすぎです」

「私は、国会議員になる。議員特権を使って、学校を退学させてやる。あんたらの親も調べ上げて――」

「ストップ、有美さん。これ以上言うとヤバい。それこそ、人格が疑われる」

谷村は慌てて有美の口に手をかざした。

「きみらも早く行って。バカな真似は、二度としないこと。この人、有言実行だから」

振り向いて若者たちに言う。若者たちは谷村に手を合わせると全力で走って逃げていった。

有美を事務所に連れ込んだ。

スマホを見ると、ブログが更新され、「サンタ、若者に説教のプレゼント」と書き込みがあり、先ほどの音声動画がアップされている。誰かがスマホで撮っていたのだ。再生回数は、見る間に上がっていく。賛否はほぼ同数だ。〈サンタ、ネットポリスに〉〈今度は若者脅す。将来を潰してやる〉〈恐怖に怯《おび》える若者。怒る衆院候補〉

「どうしたんだ、有美さん急に元気づいて。また何かやったのか」

濱口が谷村のスマホを覗き込んでくる。

「私も驚いています。精神と体調の変化かも」

「アレか。なるほどね。女性の神秘には勝てないか。それでも、運が悪いな。月一のことだろ」

濱口は妙に納得して行ってしまった。

4

「次はこれ、覚えられますか」

谷村は原稿を有美に手渡した。

「増え続ける中国人や韓国人。増え続ける犯罪を減らすため、そして日本人の職を奪われないために、まずは日本の治安を維持するために、彼らの排除から始めるべきです」

有美は目を通すと、破り捨てた。

「あなた、やっぱり私をバカだと思ってるでしょう。こんなヘイト演説しろって言うの。人間性を疑われる発言。いくら選挙に落ちるためとはいえ、人間性まで落としたくない」

有美は谷村を見すえた。今日の服は濃いピンクだ。

「じゃあ、講演のテーマはどうするんです。有美さん、三十分、原稿なしで話せますか。歌だけじゃダメですよ。コンサートじゃないんだから」

有美は無言で演台に上がっていく。

小脇市市民センターで開かれる、「衆議院候補、川島有美、大いに吠える」と題された、選挙運動期間中でも大規模な講演だった。

聴衆は三百人を超えている。立ち見を入れると、四百人だ。ネットで炎上を始めてから急激に増え始めたのだ。若者も多い。ほとんどがスマホを構えて、チャンスを狙っている。

演壇に立った有美が聴衆を見つめている。

谷村は意外な思いで有美の姿を見つめた。今まで感じたことのない高ぶりが全身に湧き上がってきたのだ。思わず身体を揺すって、その思いを振り払おうとした。

「みなさん、衆愚政治という言葉を知っていますか」

有美が聴衆に向かって語りかけた。聴衆は静まり返っている。

「今の日本がその状態です。アホが選ぶ、アホの政治家。現在のドタバタは当然の結果です」

「あんたもその一人だろ」

上がったヤジに向かって、微笑みかける。

「正解。あんたは、正しい。こんな日本に未来はない。こんな日本にしたのは誰の責任ですか」

「政治家だろう。自分たちのことしか考えない」

「正解。あんたは、正しい。でも、もっと考えて。その政治家を選んだのはあなた方でしょう。破《わ》れ鍋に破れ蓋。この程度の国民にこの程度の政治家。当然でしょ。これを衆愚政治というのです」

今度はヤジは上がらない。

「政治家も最初はいい国を作りたい、国民のために働きたい、全力を尽くしたい。大きな志を持って政治家になります。そう思って立候補します。私もそうです。長年、政治の世界に浸かっていると、様々なことが起こります。国民も無理難題を政治家に求めてくる。うちの息子をあの大学に入れてくれ。あの企業に入れてくれ。今度の公共事業、どのくらいの予算だ。ちょっとでいいから教えてくれないか。今度の法律、通すの何とか阻止してくれないか。この項目は削れないか。見返りは——。あなた方に、覚えはないですか」

「お嬢さん、なにが言いたいんだ」

谷村の横に立つ濱口が呟いた。拳は強く握られ、小刻みに震えている。

「政治家もそうです。そのかわり、今度の選挙では、票の取りまとめよろしく。パーティー券の購入枚数を倍に。政治献金を増やしてほしい。この法律を通すから、献金の方はよろしく。持ちつ持たれつの間柄になっていくのです。これはごく少数であることを信じます。マスコミはこのごく少数を面白おかしく取り上げているので、クローズアップされているのです。大部分の政治家は志を持ち続けて進んでいることを信じます」

「あんたはどっちなんだ」

声が上がった。口調は刺々《とげとげ》しさが弱まり、どこか温かみがある。

「決めるのは、あなたたち有権者です。一部の扇動者に乗っかって、バカみたいに政治家を悪者にしないで、しっかり目を見開いて候補者を見なさいよ。バカが作るバカの国にしないためにも」

三十分の講演時間を大幅にすぎている。

司会者が何度も時間がきていることを合図しているが、有美は意に介さない。聴衆も、帰るそぶりも見せず聞き入っている。

「芸能人のゴシップネタや不倫騒動と、あなた方の生活に関係ある政治とどちらが大切なのですか。あなた方は、前者なのでしょうね。それで、偉そうなことを言うのはやめてもらいたい」

有美はゆっくりと聴衆を見回した。今度はヤジも上がらない。

「政治家が年間実質一億円以上もらって何が悪い。あなた方も、こんならくな商売と思ってるんでしょ。でも、けっこうきつい。料亭で密談、マスコミには書かれ放題、不倫も安心してできない、たまに秘書にストレス発散すると、昼のワイドショーで叩かれる。新幹線で手を握り合ったくらいで、人でなしのように言われる。あなたたちに、こんなストレスなんてないでしょ。のんきにテレビ見て、笑ってるだけでしょ。政治家はG線上のアリアなのです」

「あのバカ、何を言ってるんだ」

「正論です。あの人にとっての」

谷村の横にいた岩淵がスマホを見せた。

〈サンタのホンネ爆発〉〈サンタの逆襲〉〈赤服の反乱〉というのもある。ネットは大炎上を始めている。

「有美さん、どうしたんです。言いたい放題だ。有権者をバカ呼ばわりしてるんだが、それが微妙に受けている。こんなに本音で話す候補者はいないって」

岩淵が谷村に話しかける。

「政治家を利益誘導型にしたのは、みなさんにも責任がある。みなさんは、政治家のことを悪の塊のように言う。半分当たっています。ピンポン。でも、あなた方自身についても考えてください。タレント議員、元スポーツ選手、知名度だけに頼る党も悪い。でもその戦略に乗るあんたらも、バカ丸出し。あんたら、一票を何と考えてる。自分たちの未来を託す一票なんです。バカが選ぶ日本の未来。当然の結果です」

岩淵が見せるブログの閲覧数が見る間に上がっていく。

「選挙に受かるためには政治家は平気でウソをつく。公約なんて、できそうにもないことを平気で書く。当選の暁には、一人当たり十万円の給付金。これだって、壮大なウソ。それにホイホイ乗るあんたらは、知性のないサル。政治家を罵る前に、自分たち自身を再考したほうがいいんじゃない」

ブログでは、〈暴走サンタ〉〈暴走候補〉から〈ホンネサンタ〉〈ホンネ候補〉に変わってきた。

「国民はバカじゃない。しっかり見てる。政治家は必ずそう言う。でも、これはウソ。そんなこと思ってる政治家なんていやしない。国民はバカだと思ってる。ちょっと上手いこと言えば、ホイホイついてくる。支持率は上がる。これが政治家のホンネだからね」

「あのバカ、引きずり降ろせ」

濱口が谷村の背中を強く押した。谷村はよろめいて演台に出た。有美が谷村を見ている。

「私の秘書から、時間オーバー、もうやめてくれと、合図がきています。私の話を聞いてくれて、どうもありがとう。私も言いたいことを言って、ちょっとスッキリした」

有美は丁寧に頭を下げて演台を降りた。会場は静まり返っている。

街頭活動はますます激しさを増している。町中を選挙カーが候補者の名前を連呼しながら走り回っている。

有美は以前の元気を取り戻していた。服も赤色に戻っている。

『サンタが町にやってくる』の音楽が流れると、通行人は立ち止まり、赤い選挙カーを探している。子どもたちが声を上げることもあった。ユミサンタさーん。谷村が覚えさせたのだ。

町中で他候補の選挙カーに出会うことも頻繁に起こった。

有美たちの選挙カーと百メートル余り離れて、他候補が演説をやっている。

「民自党の暴走候補がブログで炎上しています。候補者というより、暴走者に等しい人です。赤い暴走者です。最初の少子化問題の発言を思い出してください。人として機能していない。なんたる暴言。我々日本政友党とかぞくの党は野党連合として、豊かで平和な日本を作るために――」

有美たちの選挙カーを意識してか、与党批判というより、有美批判に徹底している。

「車を寄せなさい」

有美が厳しい表情で言った。

岩淵がいいんですかという顔で谷村を見た。

「有美先生が言ってるんだ。候補者の意思には従うべきだろ」

選挙カーは野党候補の選挙カーに近づいて止まった。その距離は五メートルほど。

腕を伸ばせば届きそうだ。

「批判しかできない、嘘つき政党が煽っています。人としての機能とは、人として幸せに生きる権利です。揚げ足取りの嘘つき政党こそ、消え去るべきです。党としての機能をなしていません。ガラクタ政治家を集めた、寄せ集めのクズ政党――」

有美がハンドマイクのボリュームをいっぱいに上げて叫んだ。

「有美さん、それはまずい。決めつけです。選挙違反っぽい」

「ゴメンなさい。取り消します。批判だけ政党でした。口だけ政党でもあります。言うだけで、中身はゼロ。根拠なき政策です」

「あんたらこそ、暴走政党だろ。勝手に突っ走って、責任感ゼロ。言い逃れ政党でもある。勝手に法律解釈して、適当な――」

三十分以上も言い争い、お互いに「バカヤロー」と怒鳴り合って解散した。

「これが日本の現実です。みなさん、選挙に行きましょう」

有美は聴衆に向かって呼びかけた。驚いたことに、拍手が上がることもある。

週刊誌では有美の話題が多くなった。

〈狂乱の選挙〉〈令和の悲劇〉〈日本政治の凋落《ちょうらく》〉の見出しが躍った。〈政界の女番長〉〈赤服のドン〉〈赤服を着たジャンヌ・ダルク〉というのもある。新聞の見出しも、有美に対する批判が際立っている。

他党の候補者の演説中に有美が乱入しているという記事も現れた。

有美自身は、腹を据えたというか、何を言われても、何を書かれても、意に介さない様子だ。

5

遊説から帰ってきた有美がソファーに倒れ込んだ。今日も、行き合った他候補と一時間余りやり合ったのだ。集まった野次馬は千人を超した。テレビクルーが来て、野次馬と場所の取り合いで乱闘になり、警察官が出る騒ぎになった。

騒ぎが大きくなり、ネットで炎上すればするほど有美の言動は激しさを増した。

「私、疲れた。五キロの減量。ダイエットしたければ、選挙に出ること。これが済んだら本を書こう。で、目的達成は大丈夫なの？」

ソファーに横になって、谷村に聞いてくる。

「SNSでは、順調に炎上してます。みんな大いに盛り上がってます。ネットニュースで話題の人物って取り上げられてますよ」

濱口が後援会の宮本たちを連れてやってきた。有美はソファーから立ち上がって奥の部屋に行った。

「有美さんどうしたんだ。変に話題になってる。なにやってんだ。しっかりやってもらわないと」

「すみません、本人にはお願いしてるんですけど」

谷村はひたすら頭を下げた。

「今のところ当選圏には入っているが、選挙というのは何が起こるか分からんからね。とくに、これから終盤は気をつけてくれ。おかしなことが起こっても、巻き返しが出来ないからな」

濱口が繰り返した。

「ところで、うちの孫に有美さんの色紙をもらってきてくれと言われた。中学生だが、クラスで人気があるらしい」

宮本がメモを出した。

「〈燃える赤服、政界を変える〉孫の名前も入れてくれ」

「有美さん、疲れて休んでいます。後ほど、お届けします」

「よろしく頼むよ」

後援会の人たちは、濱口に連れられて帰っていった。

ドアが閉まると同時に有美が出てきた。

「あんな人たちにいいように使われたくない。大丈夫なんでしょうね」

有美が谷村を見て聞いてくる。

「これだけやってるんです。有美さんが通れば、有権者の見識を疑います」

言ってはみたが、谷村は不安だった。ネットで叩かれているが、有美の当選の予想確率は落ちてはいない。

もう一押し必要だ。谷村は心の中で呟いた。


ファミレスの隅のボックスシートに谷村と有美がいた。真ん中にいるのは岩淵だ。

「いいんですか。こんなことをして」

岩淵が何度目かの言葉を言った。

「責任は僕がとる。ヤバくなれば、おまえはオヤジさんの所に帰ればいいだけだろ」

「それを言わないでください。ボクは政治家よりも、こっちをやりたいんです。陰険な商売よりこっちに向いてると思います」

　こっちとはパソコン関係の仕事だ。小学生のころから、パソコンおたくで、父親の事務所のパソコンをハッキングしていたと自慢していた。

「こっちもかなり陰険だろ。文句を言わず、さっさとやれ」

　岩淵の指がキーボードの上を華麗に走る。たしかに、彼はこっちに向いている。

　パスワードは自分の誕生日。あの人、危機管理意識ゼロ、自意識三百パーセントの人だから。呟きながらキーボードを叩く。

「さあ、濱口さんのパソコンに侵入しました。次は――」

「会議室に防犯カメラが付いてるんだ。事務所の入口に付けたときに一緒に取り付けた」

「やめてくださいよ。盗撮用ですか」

「バカ言うな。さぼっている奴の監視用だって、濱口さんの指示だ。映像は濱口さんのパソコンに送られて、濱口さんしか見られない」

「監視してたんだ。ホント、怖い世界だ」

「あの人、そんなこと忘れてるだろ。アナログの人だから、操作もよく分かってない。

録画保存期間は十日間。ギリギリ大丈夫だ」

「コレですか。清洲会議」

岩淵がクリックした。

早送りで映像を見ていく。

谷村が手を出して映像を止めた。

濱口と県連の池田、森下が企業献金の配分の話をしている。途中から、谷村も呼ばれて加わった。

「いいの、谷村くんも映ってる。仲間と見られるよ」

有美が谷村に言う。

「覚悟はしています」

「なんだか、悲愴感漂っていますね」

言いながら、岩淵は映像をコピーした。

「ちょっと待って」

有美が岩淵の腕をつかんだ。ファイルの一つを指さした。川島昌平の名前が目についたのだ。

アイコンをクリックしてファイルを開く。

三人の目が動画に張り付いた。

どこかの料亭で昌平と濱口、谷村も知っている企業の社長と秘書が対座している。社長が頭を下げて秘書を促す。秘書がカバンから大きな包みを出してテーブルに置いた。その包みを濱口がカバンにしまった。その間、数分だ。

「音声は入っているの」

「聞きますか」

「必要ない。コピーして」

岩淵は有美を見て、次に指示を仰ぐように谷村を見た。谷村が頷くとコピーが終了した。

「コレって、濱口さんが撮影したの」

「おそらく。何かの時の保険じゃないですか。この業界、魑魅魍魎が住む世界ですから」

「お父さんもバカなことをする」

有美が呟くように言う。顔が青ざめて見えるのは谷村の気のせいか。

「まず、事務所の清洲会議をネットに載せます。大騒ぎになります。川島事務所の不祥事。有美さんの人気は急降下です。いいんですね」

「私は谷村くんが心配」

「事務所の後継者と企業献金の分配の相談です。私ではなくダメージを受けるのは各自の事務所です。世間の目は有美さんに集まります」

突然、画面が変わり、巨大なベッドが現れた。派手な照明、裸の女性と男性。ラブホテルの一室だ。男性は――。

岩淵が他のファイルをクリックしたのだ。

「なんだこれ」

三人がそろって、画面に身を乗り出した。

「濱口さん、色々やってます。主演は濱口祐介。お相手は――知りません。コピーしますか」

「当然だ」

三人は一時間余り、濱口のパソコンの中をさまよった。

「人は見かけによらないという典型ですね。カチカチの堅物だと思ってたのに。真逆でした。人間らしくて、前より好きになりました」

「バカか、おまえ」と谷村は言ってから、有美を見る。

「まぁ、本当に危機管理能力ゼロの人だ。これだけのものを事務所のパソコンに入れてるんだから」

「そういうもんですよ。自宅のパソコンは、奥さんも子どもも使う。こんなの見られたらね」

「早く帰りましょ。明日も遊説があります」

谷村は有美を促して立ち上がった。

家に着くまで、車の中で二人は無言だった。

有美が車から降りるとき、谷村は再度確かめた。

「いいんですね」

「やってちょうだい」

有美は言い残すと家に入っていく。

谷村は車をスタートさせた。

家に帰ったのは、午前二時をすぎていた。妻の綾香と麻衣子はすでに寝ている。

谷村は台所でパソコンを立ち上げた。フラッシュメモリーを差し込み、クリックした。

第六章　決戦は日曜日

1

翌日、事務所に行くとスタッフがパソコンの周りに集まっている。電話が鳴り響いていた。

「有美さん、早めに遊説に出ましょう」

谷村は小声で言って、有美を連れ出そうとした。

「ちょっと、来てくれ」

濱口が谷村の腕をつかんで、奥の会議室に連れていく。

「おまえ、見たか」

谷村は頷いた。

「今朝、池田さんから電話があってチェックした。心当たりはあるか」

「場所はここですよね。データは濱口さんのパソコンじゃないんですか」

濱口は答えない。

「警察に届けますか。サイバーテロ関係の部署もあるそうです」

「やめとけ。火に油を注ぐようなものだ」

「事務所のスタッフと県連の者が集まって、企業献金の話をしているだけです。なにか違法なことがあるんですか」

「そうだな。ギリギリセーフの話だ。見方によるが」

「問題はあの動画の流出経路です。なんで外部に流れたか」

谷村は防犯カメラがある方に目をやったが、ない。すでに取り払われている。

「事務所のパソコンのセキュリティにもっとお金をかけるべきです」

そうだな、と濱口がうわの空で答える。谷村は時計を見た。

「一時間後に市民センターで民自党の婦人部の会合があります。それとなく、動画流出の影響を調べてみます」

谷村は会議室を出て、有美の所に行った。

急ぎましょう、会合に遅れますと、有美を外に連れ出した。

「会議室の防犯カメラ、取り外されています」

谷村が有美に囁く。

「バレたか」

「パソコンのハッキングに気づいたとは思えません。でも、濱口さん、かなり慌ててます。有美さんの人気に影響が出ればいいんですがね」

「人のふんどしで相撲を取ろうなんて考えるからよ」

「言葉遣いは考えてください。選挙に落ちても、人格まで否定されたくないんでしょ」

昌平もよく使っていた。ふんどし一家だ。

会合はほぼ満員だった。まだ動画の影響は表れていない。

会合が終わって、谷村は有美と病院に行った。

病室の前で有美が立ち止まった。

病室から話し声が聞こえる。一人は昌平。もう一人は——濱口だ。

二人はドアの前で聞き耳を立てていた。

「俺から党本部に電話して、詫びを入れておいた。これからはあんな不祥事は起こさないように」

「申し訳ありません。私のパソコンを誰かがハッキングしたようです」

「有美の当選の予想確率は」

「数ポイント落ちてはいますが、余裕で当選圏です」

濱口が数字を読み上げている。

「次に何かが起こると、危ないぞ。ふんどしを締め直してやるんだな」

有美が谷村の腕をそっと引いて、エレベーターに向かった。

「父の映像をネットに流して」

車に乗り込むなり有美が言った。

「でもあれは——かなりヤバいものです」

「いいから言う通りにして」

有美は真剣な表情で強い口調で言う。谷村は視線を外した。有美の目に涙がにじんでいたのだ。

その夜、自宅に帰ると、再び台所にこもった。

翌朝、有美を迎えに家へ行った。

角を曲がると複数の車が止まり、家の前に人だかりができている。一見してマスコミとわかる人たちだ。テレビカメラを持った者も複数いる。

慌てて車を止めると、スマホを出して電話をした。

〈電話しようと思ってたところ〉

「裏口を見てください。誰かいますか」

〈誰もいないと思う〉

「裏から出てください。公園の前で待っています。服は赤じゃなくて目立たないものを着て」

谷村は車をバックさせて、公園に行った。十分ほどでジーンズにブルーのコートを着た有美が走ってくる。

有美を乗せて、事務所に向かった。

事務所の前もマスコミで溢れている。

「仕方がないですね。ここは正攻法でいくしか」

谷村は岩淵と田中を電話で呼び出し、三人で有美を取り囲むようにして事務所に入った。

濱口が駆け寄ってくる。

「昌平先生の動画がネットに流れた。四年前の小脇建設の公共事業受注の件だ」

事務所の外が騒がしくなった。マスコミと言い合う声がすると、ドアが開いた。

「いったい、どうなってるんだ」

後援会の宮本と富田、高松が入ってくる。驚きと怒り、困惑の入り混じった複雑な表情を全員がしている。メインは怒りだ。

「あの動画は本当なのか」

「ウソだと言いたいんですが、映像ですから。でも音声がよく聞き取れません」

宮本が聞くと濱口が答える。

「昌平と濱口、おまえだろう。相手は小脇建設の鈴木社長だ」

「四年前の話だし、鈴木社長は去年亡くなっています。あの包みは菓子折りだと突っぱねれば」

「社長は映像ではしっかり生きてる。あの包み、四千万はあるぞ」

「五千万です。政治献金として処理しています」

「すべてか」

「それが――」

濱口は言葉を濁している。まだ何かあるのか。

「選挙の真っ最中になんてことだ。これで終わりだな。有美さんには申し訳ないが」

宮本が有美に視線を向けた。

「会見は避けられない。昌平はどうしてる」

「病院を変わりました。当分面会謝絶です」

濱口が言う。動画のことを知って直ちに手配したのだ。

「それですむわけないだろ。マスコミは探し出して、押し寄せる」

有美が谷村を押しのけて前に出てくる。

「私が会見を開きます」

全員が唖然とした顔で有美を見た。

今は、選挙運動中だ。その最中に、自分ではないとしても、父親について謝罪する会見を開くというのだ。

「それしかないでしょう。会見は前と同じホテルでいいでしょう。時間は――三時間後でいいですか」

「私はいつでもいい。でも、その前に行かなければならないところがある」

濱口が時計を見て指示を出し始めた。

「谷村くん、私を父の所に連れていって」

有美の表情には強い決意が感じられる。

谷村は濱口に昌平が入院した病院を聞くと、有美を連れていった。


前の病院から車で十分ほどの中規模の個人病院のベッドで、昌平は横になっていた。

「かなり興奮していました。鎮静剤を打って今は落ち着いていますが。興奮はさせないでください」

医師が有美に注意をしている。

病室を出ようとする谷村に有美が残るように言った。

「お父さん、とりあえず、今回は私が会見を開きます。でも、おかしなことがあれば、隠さずすべてを話してください」

昌平は意思をなくしたような目で有美を見ていたが、かすかに頭を動かした。イエスともノーともとれる。

「あの動画は本物で、お父さんがお金を受け取ったのは分かってる。あれはおかしなお金じゃないわよね」

昌平は目を閉じて動かない。

「私はお父さんを信じてる。でも……」

有美の声がとぎれ、涙が頬をつたい始めた。

薄く開けられた昌平の目からも涙が流れ落ちている。

「これくらいにしてください。薬で意識が混濁しています。これ以上は身体に障ります」

医師に言われ、有美が息を吐いてから、立ち上がった。


ホテルの会議室はマスコミで溢れていた。五十人はいる。テレビも複数入っている。

選挙期間中の候補者の謝罪会見など、異例中の異例だ。

テーブルには有美と濱口が座っていた。田中と谷村が同席すると言ったのを有美が断ったのだ。「あなたたちは知らないんでしょ。だったら一緒にいる必要はありません」

「これから、今朝、ユーチューブで流れた動画について説明をいたします」

濱口が話し始めた。

「あれは四年前の動画です。すでに皆さんもご存じのように、確かに当時川島昌平と私は――」

「経過は理解しています。なぜこの席に川島昌平氏自身が出てこないのか、川島有美さんから話してもらえませんか」

記者の一人が濱口を遮った。

「皆さんもご存じのように、川島昌平は脳梗塞のために現在、入院中です。とても、出られる状態ではありません」

「では、娘さんの川島有美さんからお話し願えませんか」

そうだ、その方が早い、と言う声が複数挙がる。

有美が姿勢を正した。濱口が止めるも、有美は話し始めた。

「私も初めて知ることです。あの動画以上のことは話しようがありません」

「それではなぜ、この場に出てきたんですか。何も知らないのに」

「川島昌平の娘だからです。父の疑惑は私も認めています。私がここに来たのは、父が話せるようになれば、お話しすることを伝えるためです。お約束します」

有美が深く頭を下げている。記者は質問を続けた。

「それで、秘書が話して、説明責任が済んだと思いますか。あなたの言葉を聞きたい」

「そうは思っていません。でも、知らないものは知らないとしか、言いようがありません。あなたが、信じようが信じまいが」

「国会議員として、それじゃあ責任の――」

「私はまだ国会議員じゃありません。川島昌平の娘として、出てきました。マスコミの皆さんにじゃなくて、国民の方たちにお詫びに来ました。お騒がせして、申し訳ありません。父が話せるようになりましたら、必ず真実をお伝えします」

有美は立ち上がり、再度深々と頭を下げて座った。

「謝ればいいという話でもないと思いませんか」

「言っておきますが、父と私は別人格です。同じようなことを言ってた総理大臣もいましたよね。私とは逆の立場でしたが。父の不祥事に娘の私が責任を取ることはできません。ただ、娘として謝ることはできます」

「私らは川島昌平の説明を聞きに来たんだよ」

前列の記者が大声を出した。

「あんたの言い訳じゃないよ。わかってるのか」

言い訳、谷村はマズいと思った。

有美の顔色が変わった。一度目を閉じて両肩を回した。

「あなたねぇ、親はいないんですか」

立ち上がり、記者を睨みつけて、低い声を出した。凄《すご》みのある声だ。

部屋中にフラッシュの光が溢れた。

有美が記者を指さしている。

「答えなさいよ。親はいないかと聞いてるんです」

「いるけど、それがどうしたんだ」

記者のトーンが落ちた。

「もし、そのお父さんが事件を起こしたら、あなたは会社を辞めて、日本中の人に謝って歩くの？　社会の片隅でひっそりと生きていくの？　どうなのよ。答えなさい」

有美が声を絞り出した。

「あんたたち、事件が起こると加害者も被害者も、両親も友達も追い回して都合のいい話を組み立てる。お涙ちょうだい。怒りの倍増。そりゃ、加害者が悪いに決まってる。でも、加害者の家族にも生活がある。生きる権利だってある。それを潰してるの、あんたたちよ。分かってるの」

一人の記者から、部屋にいる記者たち全員に視線を向けた。

「あんた方、社会正義を振りかざしてるけど、弱い者いじめをしてるだけじゃない。恥を知りなさいよ。恥を」

質問をした記者は何も言えなくなって下を向いている。

「私は父の罪は憎んでる。元気になったら、必ずみなさんの前で話してもらう。罪が確定したら、償いもしてもらう。それまで待ってと言ってるだけじゃない」

「おっしゃることは分かりますが、事実、かなりな金が動いてるわけで――」

「私も映像は見ました。ショックを受けています。あんたらより、何倍も大きなショックよ。自分の父親が犯罪を犯してるかもしれない。この件については、後日必ず説明します」

「川島昌平氏の記者会見はいつと考えていていいですか」

「私にも分かりません。先月、父は倒れました。やっと、元に戻りつつあると思っていたら、これです。自業自得と言われればその通りです。でも、私にとってはただ一人の父なんです」

必死で訴える有美の目には涙がにじんでいる。

記者もそれ以上問いただせず、黙り込んだ。

谷村は有美の所に行った。

「このくらいでいいでしょう。会見を終わりましょう」

有美はその手を振り払った。

「私に言えるのはこれだけです。でも、他に何かあなた方が言いたいことがあれば聞きます。誰でも言ってください」

部屋は静まり返っている。

「これにて会見を終わります」

谷村は告げると、丁寧に頭を下げた有美の身体を支えるようにして退出した。

2

選挙事務所は重い空気が立ち込めていた。

テレビでは有美の記者会見のニュースが始まろうとしていた。

「くそっ、この大事な時に。北朝鮮がテポドンでも打ち込んでくれればいいのに」

岩淵が腹立たしそうに言った。

「バカ、冗談でもそんなこと言うな。ネットに流されでもしたら事務所は終わりだ。もちろん、おまえもな」

テレビ画面では、有美と濱口が立ち上がり頭を下げている。濱口が謝り始めたところを記者が遮り、有美に追及の言葉を投げかける。「面の皮が厚いというか、よく平気な顔で出られますね」コメンテーターの声が流れる。

「テレビを消せ。憂鬱になるだけだ」

濱口の声で谷村が立ち上がった。

記者会見の画面にテロップが流れる。

〈緊急速報。花塚沙也加と渡部健司の離婚が決まりました。急遽、記者会見が開かれる模様です。今日は番組の一部を変更して花塚沙也加の自宅前から放送しています〉

一週間ほど前に別居が伝えられていた二人に、決定的な破局が訪れたのだ。

「えっ、本当なの。花塚沙也加、別れちゃうの。あんなにラブラブだったのに。世の中、一寸先は闇ねえ」

田中がテレビに近づいた。

「なんだ、政治疑惑とスターの離婚問題とどっちが重要なんだよ」

「そりゃ、花塚沙也加と渡部健司の離婚の方が興味あるわよ。二人とも国民的スターだもの」

田中の言葉に選挙スタッフとアルバイトがテレビの前に集まってくる。

「まだ、選挙戦は続いてるんだぞ」

濱口がスタッフに向かって大声を出した。しかしホッとした表情に変わっている。

川島事務所が昌平の動画流出でもめている間に、西川候補の追い上げが激しくなっている。夫婦で選挙カーに乗って、選挙区中を走っている。「西川の妻です。どうか夫を男にしてください」と聞こえてくる。

「男にしてくださいか。微妙な言い方だな。日本的でいいのか」

「夫婦一体というのに日本の保守層は弱いからな。有美さんにもガンバッテもらわにゃ」

昌平の動画騒動以来、足が遠のいていた後援会の宮本たちが選挙事務所に来ていた。

宮本たちの指摘通り、西川候補の支持率はジワジワとではあるが上がっている。

谷村は岩淵とファミレスの奥の席にいた。二人で岩淵のタブレットを見ている。

映っているのは事務所の会議室だ。

会議室には濱口と新聞記者の平間がいる。

〈やはり日本的だな。マスコミはスターの離婚に飛びついたか。国民もそっちに興味があるのか。お嬢さんの言う通りだ。破れ鍋に破れ蓋。似合いの国家だ〉

平間が面白そうに言う。

〈あんたがリークしたのか、離婚話〉

〈リークじゃないだろう。このタイミングだ。あんたらの党本部が動いたんじゃないのか。花塚沙也加は政界に色気を出してる。人気の次は名誉ってわけだ。今、離婚騒動を決着させれば、次の参議院選挙での当選を約束したと聞いてる。真相は定かではないがね〉

〈政治家になるのは名誉ってわけか。党本部も、上手いやり方をするな〉

俺はこっちの方、と言って、平間はテーブルに数枚の写真を置いた。

濱口がそれを見て笑い出した。

〈これはまた、人間味があるな。しかし、まだ待ってくれ。いまはまだ票の動きがはっきりしない。その他の候補の動きでどう扱うか決めたい〉

谷村は画面に顔を近づけた。何とか写真を見ようとしたが、角度も解像度も悪すぎた。

「写真を拡大できないか」

「ムリですよ。安物の隠しカメラですから」

濱口が防犯カメラを取り外してから、二人で空調の中に隠しカメラをセットしたのだ。

「うちの事務所って、普通の政治家の事務所じゃないですよね。なんだか、犯罪組織みたいだ」

犯罪組織——岩淵の言葉は谷村の胸に重く響いた。これが普通ではないはずだ。

「選挙期間中だけだ。終われば取り払うよ。悪いな、迷惑をかけて」

「いいですよ。僕も楽しいですから。でも、谷村さんも有美さんも何を考えてるんですか。不気味ですよ」

「何も考えていなかったから、こうなった。色んなことをもっと真剣に考えていれば、もっとスマートに効率よくできたはずだ」

「いつか真相を教えてください」

岩淵はタブレットを切った。


投票日まで残すところあと一日になった。

各候補者は最後のお願いに必死だった。

谷村も有美を伴って終日、選挙カーに乗って遊説し、後援会の集まりに出席した。

有美も文句を言うことなく、谷村の指示に従っている。服は依然赤なのでモチベーションは保っているようだ。「選挙に落ちてやる」その言葉に間違いはなかったのか。

谷村はもう一度聞きたかったが、時折り、ボンヤリと空を見つめている有美に声をかけるのははばかられた。

しかし谷村の危惧を察してか、有美の方から聞いてきたのだ。

「私の順位はどうなの」

「当落予想ですね。危ういところです」

谷村は大手新聞のウェブサイトで、千葉県第十二選挙区の当落予想を有美に見せた。

川島有美は二位から三位に落ちてはいるが、票は僅差だ。

「でも、人気は落ちてるんでしょ」

「落ちていますね。あれだけ非常識なことを言ってるんです。もっと下がってもいいはずなんですが」

「私、そんなに非常識なことを言ってるのかしら」

「深く考えないでください。有美さんは有美さんの色を出せばいい。人とは少しだけ、考え方や感じ方が違うだけです。私だけの花です」

谷村は有美と話しながら、何が言いたいのか分からなくなることがある。

「西川陣営の追い上げが激しいです。このまま彼らが伸びてきてくれれば、有美さんの思い通りになるのですが」

「父の選挙はどうだったの。今までは全然興味がなかったけど」

「昌平先生はダントツでした。トップを独走して、まったく危なげのない選挙でした」

「私はゼロからの出発で――」

「有美さんはゼロからの出発じゃありません。昌平先生の地盤を継いでの出発です。でも、この調子で行けば、支持率は下がり続けて――」

谷村は自分の言葉が分からなくなった。こんなことがあっていいのか。思わず脳裏に浮かんだ。

有美を見ると、どことなく寂しそうにパソコン画面から、視線を外した。

その時、谷村のスマホが鳴り始めた。

〈ネットを見てみろ。西川陣営だ〉

濱口はそれだけ言うとスマホを切った。

谷村はタブレットを立ち上げて、西川について検索した。

「なにがあったの」

有美の前にタブレットを回した。数枚の写真がアップされている。西川候補と女性がホテルに入るところと、出てきたところの写真だ。それと二人が抱き合ってキスをしている写真。

「なんなの、これは」

有美が押し殺した声を絞り出した。

谷村は先日、事務所の会議室で平間が見せていた写真を思い出していた。角度が悪い上に、盗撮カメラの解像度が悪くてハッキリとは見えなかった写真だ。おそらく、これだ。谷村は呟く。

「西川さんもこれで終わりだ」

「もっとひどくなる。可哀そうに、奥さん」

有美の予想通り、ネットのコメントは、〈離婚はいつだ〉〈奥さんの尻に敷かれてたら、息抜きもしたくなる〉〈しかし、いい女だな。政治家じゃなくて性事家を目指してるな〉〈愛妻家の裏の顔〉——多岐にわたっている。

すでに一万以上の閲覧数があり、コメントも五百を超えていた。ますます炎上している。

「選挙にどう響くの」

「ライバルが一人脱落しました。西川さんの票は激減、その票は有美さんに回ってきます。本来なら、万歳三唱です」

「人の不幸を喜ぶわけね。みんな最低ね」

「有美さん、選挙には落ちたい――政治家にはなりたくないんでしょう」

「手はあるの」

「あとは天の声です」

谷村は空を見上げた。不気味な雲が月を隠し、星をベールで覆っていく。

日付が変わるのと同時に選挙運動は終了した。

3

十二月十五日、投票日。

谷村は朝の九時に有美を迎えに行った。

一度、事務所に寄って、スタッフに挨拶をして投票に向かう。

有美はブルーのワンピースで現れた。

谷村は昌平の言葉を思い出していた。青になれば要注意だ。常識とは逆のことをやり始める――今日一日は目を離さない方がいい。

車の助手席に乗り込んできた有美が聞いてくる。

「今日は投票が済んだら、帰って寝てたらダメなの」

「ダメです。私と一緒にいてください。敗戦の弁があります。すっぽかすと、また叩かれます」

「面倒な世界ね」

「応援してくれた方にお礼を言ってください。私の力不足で皆様の期待に応えることができませんでした、という奴です。原稿書いています」

谷村はポケットから用紙を出した。

「用意だけはいいのね。谷村くんが代わりに読んでくれるともっといいんだけど」

「私はいいですけど、周りがね」

有美が原稿を見ている。

「敗戦の弁か」

谷村は呟いた。

「実は初めて書きました。昌平先生は選挙には全戦全勝、負けたことがないですから。バンザイさえ言えばよかった。抱負くらいは言いますがね。ご祝儀みたいなもんです。言いたい放題。誰も本気にはしていません。舞い上がっている当人が騒いでるだけだと」

「国民も」

「負けをお父さんはどう思うんだろ」

有美がポツリと言った。昌平とは、金銭授受の動画で記者会見を開いた日以来、会ってはいない。谷村が毎朝、昌平の容体をメールで報告してくれる。今朝は〈食事完食、排便終了〉だった。

「ヤバいな」

谷村は空を見上げて言った。

「天気予報っていうのは当たるんだな」

雨が降り始めた。ネットには小雨が夕方まで続くと出ている。

「なぜヤバいの」

「雨が降れば、普通の人は選挙に行くのが面倒になります。だから、投票率が下がります。そうすれば、基礎票を持っている党の公認候補が有利になります。有美さんの当選確率は高くなります。だから、よく晴れた選挙日和であってほしいと願ってました」

谷村は深いため息をついた。

「今日で最後です。お疲れさまでした」

有美が丁寧に頭を下げた。谷村は有美を見ていたが、何か込み上げてくるモノがある。

スタッフの間から拍手が起こった。

選挙事務所はすっかり模様替えが終わっていた。中央には五十インチの大型テレビが置かれている。

その前にはパイプ椅子が五十脚近く並べられていた。

テレビの上にはくす玉が吊るされている。当選が決まると同時に、有美がその下に立つ。インタビューが始まり、その時にくす玉が割られる。

テレビの横には、高さ一メートルの大だるまが置かれていた。片目のだるまが谷村と有美を見つめているようで、思わず視線を外した。

「昌平先生の時と同じようにセッティングした。問題ないよな」

濱口が来て言う。かなり自信にあふれた表情だ。

「これから有美さんを連れて投票に行ってきます。なにか言っておきますか」

「そうだな、今日くらいは手袋を脱いで握手しろって」

「濱口さん気づいていたんだ。有美さんが手袋してたの」

「当たり前だ。何年やってると思ってるんだ。おまえもよくやった」

珍しく優しい声で言うと、ねぎらうように谷村の肩を叩いた。有美の当選を確信しているのか。

谷村は有美を連れて、近くの小学校に設けられた投票所に行った。

赤い服ではない有美にはマスコミもすぐには気づかない。

「サンタだ。なんで今日は赤い服じゃないの」

母親に手を引かれた四、五歳の子どもが声を上げた。有美は笑いかけて手を振っている。この人、子どもが嫌いだなんてウソだと谷村は思った。

子どもの声に気づいて、マスコミが寄ってきて写真を撮り始めた。

有美は三番目に投票を済ませた。

「誰に入れたんです」

「内緒よ」

谷村の問いに有美が答える。

投票所を出ると数人の若い女性に握手を求められている。手袋はしていない。

「これからどうするの」

「開票まで自由時間です。本当は投票締め切りまで、町中を歩いてほしいんですがね。迷っている人の背中を押すことになります」

「谷村くんは」

「昌平先生の時は、当選後の準備で忙しかったです。当選の弁の打ち合わせや、後援者へのお礼や挨拶回り、選挙事務所の撤収準備。仕事は山ほどあります」

「今回はナシということか。でも、濱口さんたちは、そのスケジュールでやってたんじゃないの」

「一応はね。その時になって慌てるとミスをしますから」

「じゃ、谷村くんは事務所に戻って。私は自由にするから」

「でも——本当に大丈夫なんですか。午後八時の投票時間がすぎるまでは自粛してください」

「私の年、知ってるでしょ。子どもじゃない。大丈夫、何もしないから。もう疲れた」

　有美がしんみりした口調で言う。

「このひと月あまり、ありがとうね。私もいい経験だった。経験したくないことも色々経験できたし。知りたくもないことも知ってしまった。これも、人生だって」

「元気出してください。じゃ、スマホの電源だけは入れておいてください」

　谷村は有美と別れて事務所に戻った。濱口が近づいてくる。

「投票は無事終了か。お嬢さん、また何かやらかすんじゃないかとハラハラしてたよ。投票箱をぶちまけるとか」

　まさか、とは言ったが、あの人ならやりかねないという思いもある。

事務所内に『サンタが町にやってくる』の音楽が流れている。

「なんですコレ」

「勝利宣言の時に流そうと思ってな。お嬢さん、勝負服の赤いのどうした。持ってきてなけりゃ、着てくるように言っておけ」

濱口がメロディーを口ずさみながら嬉しそうに言う。

「予備を用意しておきました。本格的なやつ。事務所スタッフからの勝利プレゼント。濱口さんから渡してください」

よりサンタに近い赤服だ。岩淵と田中が選んできた。有美さんなら喜ぶと言って。

「投票が始まる一時間前には待機しててほしいな。当確が出るのは――見当がつかない。昌平先生の時は、だいたい開票直後というところか。今回は――。分からん」

「当選しますかね」

「怖いこと言うな。そのためにやってきたんだろ」

濱口の表情が変わった。

「有美さんはまだか。早く連れてこい」

濱口が何回目かの怒鳴り声を上げた。

「電話してるんですがね。つながらないんですよ」

谷村はすでに二十回近く電話しているが、この電話は電波の届かないところにあるか、電源が切られています、の声が返ってくるばかりだ。

あれほど言ったのに、やはり電源を切っているのだ。

予想外に早い展開だったのだ。西川のスキャンダルの発覚と、雨が降ったことで投票率が伸びず、すべてが有美に有利に働いたのだ。

「家には行ったか。寝てるんじゃないのか、あのバカ――」

濱口は途中で言葉を止めた。何となく、はばかられたのだろう。

「岩淵に行かせました。お手伝いさんが部屋を見てくれましたが、いませんでした」

「あと一時間くらいで当確が出るんじゃないか。その時、本人がいなくてどうする」

「有美さんのことです。何でもアリということで。と、いうわけにはいきませんね」

谷村は考え込んだ。

探してきますと言って事務所を出た。

昌平が入院している病院に行った。

昌平の病室に行くと、一時間ほど前に出たと言う。

「選挙結果は聞きましたか」

「たった今、濱口から電話があった。俺が足を引っ張ったのにな。時代が変わっている。老兵は消え去るのみ」

消えるような声で言う。

「有美のことをよろしく頼む」

ベッドに起き上がり、正座した昌平が谷村に頭を下げた。


谷村は近くの公園に行った。

小雨の中に傘もささず有美が立っている。

口の中で何かを呟いている。手に持っているのは、谷村が渡した敗戦の弁を書いた紙だ。

谷村はそばに行き傘をさしかけた。

「事務所に戻りましょう。風邪をひきます」

「お父さんに会って話をした。選挙が済んで体調がよくなったら、記者会見を開くことを約束させた。私も一緒に付き添うからって」

「ありがとうございます」

思わず出た言葉だった。

「なんで、谷村くんがありがとうなのよ。私のお父さんのことよ。謝って、相応の罰を受けるのは当然」

「とにかく、帰りましょう」

「まだ覚えていない」

雨に濡れた用紙を見せられた。

エピローグ

谷村と有美が、事務所に入るなり、クラッカーが鳴り響いた。
スタッフとアルバイトと支援者で選挙事務所は埋まっている。
クラッカーの紙吹雪を避けながら、中央に進んだ。
「川島有美衆議院議員おめでとうございます。バンザーイ」
事務所はバンザイの声で包まれた。カメラのフラッシュで一瞬視界が白くなった。
有美が谷村に驚きの目を向けてくる。約束が違う、とその目は言っている。
「笑ってください。話はあとで。お願いします」
谷村が耳元で囁く。
有美が握りしめていた敗戦の弁をポケットに突っ込んだ。
有美が中央に立つと、『サンタが町にやってくる』のメロディーが流れ始めた。
マスコミが前に出て、数台のテレビカメラが有美を捉えている。
くす玉が割れると同時にフラッシュが光った。バンザイの声が上がる。

そのあとは握手を求める人垣に取り囲まれた。

「赤服だ。着替えさせろ。マスコミにもう一度写真を撮らせる。至急だ。すごいぞ、これは。昌平先生以上だ。小脇市の新星でいこう。赤い星あらわる」

濱口が興奮して谷村に抱きついてくる。


「お願いします」

谷村は有美に向かって、頭を下げた。すでにこの状態が何度も続いている。

テーブルの上にはスタッフ一同が用意した、赤いブレザーとパンツの入った箱が置かれている。

「日本って、どういう国なの。懲りないっていうか。私が父の轍《てつ》を踏むなんてことを考えないの」

「国民もバカじゃありません。この人はウソはつかないって感じたのでしょう。本音を正直に語る人だと。直感です。思考じゃないです」

谷村は時計を見た。すでに三十分がすぎている。会議室に閉じこもってからスマホが着信音を鳴らし続けている。濱口が急げとメールを送ってきているのだ。

ドアを叩く音と開けようとする気配がするが、中からカギがかけられている。

「改革というのはみんなが望んでいます。昌平先生も何度も改革を志しました。進んだ時もありました。しかし、また一歩後退する。これが政治なのです。それで、諦めたらこの国はダメになります。また、誰かが改革を望む。そうして、一歩一歩、良い方向にと進んでいきます。有美さんも改革を目指してください」

有美が考え込んでいる。

「私は騙され続けてきた。いちばん信じていたあなたにもね。最後の最後まで。あなた、結果は分かってたんでしょ」

「私も精一杯やりました。有美さんもです。落選を目指して、それでも有美さんは当選した。これは党や県連の力だけではありません。やはり、国民が有美さんに賭けたいと思ったからです」

「私は政治なんかに興味はないし、政治家になりたいとも思っていない」

「ウソです。この選挙戦の中で、政治家になりたいと思ったことが何度かあるはずです。私はわかりました。この人は本気で日本を変えようとしているって。有権者はそれを敏感に感じ取った。自分に正直になってください。有美さんはすでに、日本の政治家、衆議院議員なんです」

谷村は本気でそう思っていた。

有美が無言のまま、視線を下げた。数秒間がすぎた。

「出ていってよ」

有美が顔を上げ谷村を見て言う。

「有美さん――」

「あなたがいると、着替えられないでしょ」

谷村は有美に一礼すると、部屋を出た。

この作品は映画「決戦は日曜日」（坂下雄一郎脚本・監督）の
脚本をもとに書き下ろしたものです。

幻冬舎文庫

●好評既刊
乱神（上）（下）
高嶋哲夫

北九州大学の考古学者・賀上俊が九州の海岸で棒状の物体を発掘した。八百年近い歴史を刻む中世ヨーロッパの剣――この発見が日本の歴史を覆す。圧倒的スケールで描かれた新感覚歴史ロマン！

●好評既刊
衆愚の果て
高嶋哲夫

無職の大場が国会議員になった。数々の特権を手にして歓喜するが、自身の身を削らずに国民にばかり負担を強いる政治家に次第に嫌悪感を抱いていく……。政界を抉る痛快エンタテインメント！

●好評既刊
首都崩壊
高嶋哲夫

国交省の森崎が研究者から渡された報告書。マグニチュード8の東京直下型地震が5年以内に90％の確率で発生し、損失は100兆円以上という。我我の生活はこんなに危ういのか。戦慄の予言小説。

●好評既刊
日本核武装（上）（下）
高嶋哲夫

日本の核武装に向けた計画が発覚した。官邸から全容解明の指示を受けた防衛省の真名瀬は関係者を捜し、核爆弾が完成間近である事実を摑む……。この国の最大のタブーに踏み込むサスペンス巨編。

●好評既刊
神童
高嶋哲夫

人間とAIが対決する将棋電王戦。トップ棋士の取海は初めて将棋ソフトと対局するが、制作者は二十年前に奨励会でしのぎを削った親友だった。因縁の対決。取海はプロの威厳を守れるのか？

決戦《けっせん》は日曜日《にちようび》

高嶋哲夫《たかしまてつお》

令和3年11月30日　初版発行

発行人――石原正康
編集人――高部真人
発行所――株式会社幻冬舎
〒151-0051東京都渋谷区千駄ヶ谷4-9-7
電話　03(5411)6222(営業)
　　　03(5411)6211(編集)
　　　振替00120-8-767643
印刷・製本―図書印刷株式会社
装丁者――高橋雅之

幻冬舎文庫

ISBN978-4-344-43140-9　C0193　た-49-10

幻冬舎ホームページアドレス　https://www.gentosha.co.jp/
この本に関するご意見・ご感想をメールでお寄せいただく場合は、
comment@gentosha.co.jpまで。